Lehmänpotkun koulu

Tommi Aulasmaa

Lehmänpotkun koulu

Kustantaja:
BoD – Book on Demand GmbH, Helsinki, Suomi
Valmistaja:
BoD – Books on Demand GmbH, Norderstedt,
Saksa

SISÄLLYS

PROLOGI

Tämän kirjan tarinoiden kätilöinä ovat toimineet omat lapsuuden ja nuoruuden kokemukset, isäni sekä lapsuuteni kotikaupunki Lappeenranta. Ne ovat ruokkineet mielikuvitustani ja nostaneet menneisyydestä muistoja ja ovat jollain tavalla mukana jokaisessa tarinassa, ytimessä tai taustalla. Tarinat eivät ole omaelämänkerrallisia, eivätkä näin ollen ole yksi yhteen elämäni kanssa. Minut paremmin tuntevat voivat toki löytää tarinoista yhtymäkohtia elämääni. Kirjan lopussa on hieman taustoja tarinoista ja asioista jotka ovat olleet vaikuttamassa niiden synnyssä.

Karjalaiset juuret omaavana Lappeenranta on ollut minulle *Viipuri,* se paikka, johon olen vuosien saatossa palannut yhä uudestaan ja uudestaan. En niinkään kaipaa kartalla rajattua maantieteellistä aluetta, vaan ehkä kaipaan tilanteisiin ja aikaan, joskus Lappeenrannassa tapahtuneisiin. Kirja kulkikin pitkään itselläni työnimellä *Lappeenranta – minun Viipurini, minun Jerusalemini.*

Hannu-Pekka Björkman kuvaa kauniisti kirjassaan *Kadonneet askeleet* (Kirjapaja 2011) lapsuuden maisemien jatkuvaa mukana kulkemista ja hakeutumista niiden äärelle mielikuvissa tai oikeasti. Samaistun ajatukseen ja toiminkin niin, erityisesti mielikuvissa.

Vietin tärkeät lapsuuteni ja nuoruuteni vuodet Lappeenrannassa, missä valettiin minuuteni perustukset ja missä minusta alkoi muotoutua minä. Ja kun nyt katson noita aikoja pitkän etäisyyden takaa, ymmärrän niiden merkityksen eri tavalla, samoin kuin miettiessäni suhdetta edesmenneeseen isääni.

Vantaalla 20.3.2018

Tommi Aulasmaa

JUURENI

Tommi Henrik Matinpojan ja Eeron pojanpojan sukuluettelo:

Jaakko Heikinpojalle syntyi Jaakko Jaakonpoika.
Jaakko Jaakonpojalle syntyi Heikki Jaakonpoika.
Heikki Jaakonpojalle syntyi Eero Heikki.
Eero Heikille syntyi Matti Tapani, Ritvan mies.
Ritva synnytti pojan, jota kutsutaan Tommi Henrik Matinpojaksi.
Sukupolvia Jaakko Heikinpojasta Tommi Henrik Matinpoikaan on kuusi.
Jaakko Heikinpojan syntymästä Tommi Henrik Matinpojan syntymään on 159 vuotta.

Kuusi miestä, kuusi tarinaa, kuusi elämää.
Eri aikakaudet, eri kohtalot.
Juuret punovat katkeamattoman ketjun,
mennyt elää tulevaisuudessa.

ISÄNI MAA

Kiertelen, katselen,
tuttuja paikkoja, vanhoja kulmia.
Täältä olen
ja tänne aina palaan.
Herättelen menneisyyttä,
elettyä eloon.
Häivähdyksen omaisesti,
minusta piittaamatta,
herää omia aikojaan.
Kätkeytyneet näyttäytyvät,
ilmestyvät kadotakseen taas.
Elämätön nöyrtyy eletyn edessä,
odottaen ruokaa,
evästä matkalle.

ISÄNI MUISTOLLE

LAPSUUDEN SANKARI

Päivittäin Arttu meni salaa veljensä huoneeseen katsomaan ikkunasta viereiselle jalkapallokentälle, näkyikö siellä vesilätäköitä ja oliko hiekka tummanruskeaa. Tähystyksellään hän arvioi, pystyisikö siellä jo pelaamaan kuivin jaloin ja uppoamatta.

Talviteloiltaan otetun polkupyörän keväthuollon yhteydessä Arttu oli kaivanut varastosta myös jalkapallon ja pyytänyt isää pumppaamaan siihenkin ilmaa. Pallo tarakalla Arttu oli valmis, mutta päivittäiset havainnot lisäsivät kärsimättömyyttä; kenttä ei ollut valmis. Odotellessaan Arttu pyöräili kotipihalla ja potki palloa vastentahtoisesti talon päätyseinään pitääkseen tuntumaa yllä, vaikkei se kentällä pelaamista korvannutkaan.

Kevätauringon lämmittäessä äidin varoitukset jäivät taka-alalle ja Arttu riisui talvivaatteet. Hän pyöräili ja puuhaili ulkona vähissä vaatteissa eikä hikipäässä huomannut salakavalasti hiipivää flunssaa. Kotiuduttuaan ja syötyään iltaruuan Arttu tunsi olonsa oudoksi. Arttu pärskähti kuuluvasti ja elohopea nousi kuumemittarissa korkealle. Äiti passitti sairastuneen pojan sänkyyn.

Yöllä kuumehoureessa Arttu pelasi jalkapalloa itsensä Steve Archibaldin kanssa The Lanella, Tottenhamin kuuluisalla White Hart Lane stadionilla. He harhauttelivat ja hassuttelivat vastustajia mennen tullen ja hullaannuttivat taidoillaan 36 000 päisen yleisön, joka mylvi ja lauloi rytmikkäästi: *Steve and Arttu, Steve and Arttu, Steve and Arttu.*

13

Niin kovasti Arttu pelasi Steven kanssa, että oli herätessään läpimärkä. Äiti laittoi lakanan ja yöpaidan kastumisen kuumeen piikkiin eikä Arttu jaksanut vakuutella hikoilleensa matsin seurauksena. Hyvin sujuneen pelin synnyttämä hymy huulilla Arttu nukahti uudestaan.

Aamulla olo oli parempi, mutta kysymättäkin oli selvää, että tämä olisi sisäpäivä ja leikit sen mukaiset. Arttu alistui kohtaloonsa.

Artun vetäessä sängyn alta keskelle huonetta lännenkaupungin The Lane ja Steve Archibald unohtuivat. Tex Willer ja Kit Carson karauttivat hevosillaan Jackson Willen pääkadulle ja kavioiden iskeytyessä kuivaan hiekkaan nousi ilmoille pölly, joka sai Artun yskimään ja aivastelemaan. Sankarit toppuuttelivat hevosiaan ja saivatkin ne liikkumaan rauhallisemmin.

Ulkoa kantautuneet lasten äänet katkaisivat leikin. Arttu juoksi ikkunalle, mutta takapihalla ei näkynyt ketään, ja niin hän ryntäsi veljensä huonetta kohti. Oven edessä Arttu muisteli veljensä toistamaa uhkausta: huoneeseeni ei ole menemistä.

Hän avasi oven ja astui sisään. Normaalisti Arttu olisi tarjonnut häkissä viserteleville undulaateille Pollille ja Tipille sormenpäätään nokittavaksi, mutta ei tänään. Hän loi sivusilmällä katseen katosta roikkuviin hävittäjiin ja pulloihin rakennettuihin laivoihin. Ikkunalautaan nojaten hän katsoi haikeana naapurin lasten pyöräilyä ja kiljuntaa. Hän oli jo poistumassa huoneesta, kun vilkaisi kentälle.

Kentän hiekka ei ollut kuin lännenkaupungin, mutta tummanruskeaakaan se ei ollut eikä vesilätäköitä enää näkynyt. Keskellä ei pelattu, mutta kenttää reunustavan verkkoaidan vieressä oli polkupyöriä pystyssä ja kumollaan. Pelaajat olivat niin tiiviissä läjässä, ettei Arttu pystynyt laskemaan niitä.

Äkkiä korkealle potkaistun pallon perään ryntäsi poikia. Arttu ei nähnyt maalivahtia ja muistakin pelaajista vain osan, mutta hän oli nähnyt riittävästi ja tiesi tarpeeksi; kentällä pelattiin ja hän oli sisällä.

Murtuneena Arttu laahusti huoneeseensa. Pitikin juuri tällaisena päivänä olla kipeä. Miksei vasta huomenna tai ylihuomenna, olisi voinut olla poissa koulustakin. Jackson Willekään ei tässä tilanteessa lohduttanut. Ei, vaikka pääkadulla ratsastivatkin sankareista jaloimmat.

Hetken mökötettyään Arttu sai aatteen. Eivätkö supersankarit olleetkin kameleonttimaisia ja pystyisivät kuoriutumaan asuistaan ja pukeutumaan uusiin tilanteen mukaan? Tex ja Kit eivät olisi sankareita ainoastaan lännenkaupungissa, vaan sen ulkopuolellakin niistä voisi kuoriutua mitä vaan.

Arttu irrotti ukot hevosistaan ja riisui niiltä stetsonin ja asevyön, lännenmiesten ulkoiset tunnukset. Nyt ne olivat kuin ketkä tahansa playmobil-ukot, muovipalasia. Ukin hautajaisissa oli puhuttu, että kun ihminen riisutaan kaikesta, jää vain tomua. Jos riisuttu ukko on muovia ja ihminen tomua, eikö ihminen ole silloin tomusta tehty, Arttu järkeili.

Yöllinen The Lane ja villinä pallon kanssa taiteillut Steve Archibald nousivat äkkiä Artun mieleen. Yleisö, viheriön pehmeys ja kannustuslaulut olivat olleet niin todentuntuisia, että oli ollut vaikeaa ymmärtää olevansa unessa. Suljettuaan silmät hän kuuli jälleen yleisön laulun.

15

Silmien edessä Tex muuttui Steveksi ja Kit Artuksi. Ja niin kuin sarjakuvissa ja Jackson Willen todellisuudessa Kit komppasi aina Texiä, niin tulisi olemaan tälläkin kertaa. He tarvitsivat näyttämön, kentän, jossa voisivat sankaritekonsa suorittaa. The Lanen siirtäminen huoneeseen oli haastavaa, samoin kuin Jackson Willeen, jonka pääkatu oli liian kapea eikä Arttu halunnut purkaa suurella vaivalla rakentamaansa kaupunkia.

Arttu työnsi lännenkaupungin sängyn alle. Lattian räsymatto oli hyvä pohja stadionille eriväristen raitojen toimiessa viheriön sektoreina. Pelialueen laidoiksi laittamiinsa puisiin rakennuspalikkoihin Arttu teki mainoksia veljensä pöytälätkäpeliä matkien. Päätylaitoina toimiviin keltaisiin säilytyslaatikkoihin hän piirsi maalitolpat.

Tarvittiin vielä pelaajia sekä yleisöä, joten Arttu veti lännenkaupunkia varovasti esille stadionia vahingoittamatta ja ujutti kätensä King Kongin lailla pyydystämään asukkaita. Gorillan suuriin kouriin joutuneet ihmiset olivat sätkytelleet peloissaan, mutta Artun käsiin joutuneet muoviukot olivat liikkumatta kuin kauhusta kangistuneina.

Koottuaan ukot stadionille, Arttu kasasi marmorikuulia palloiksi. Yöllisen pelin muisteleminen ei tuonut mieleen Tottenhamin logoa, joten hän ajatteli hyödyntävänsä jääkiekkojoukkueiden logoilla varustettuja karkkipapereita. Leikkauksen jälkeen paperiin jäi sputnikin muotoisia aukkoja ja SaiPan logo istuisi hyvin ukkojen rintamukseen.

Liima tursui logojen takaa ukkojen rintapielille kuin mausteet nakkarin lihapiirakasta. Kaikki näytti olevan valmiina. Ukot kieppuivat Artun käsissä kuin yöisessä unessa ja kuula totteli niitä hyvin. Aina välillä jommankumman jalasta lähti napakka potku, ja pahvilaatikkoon osuessaan ilmoille pääsi matala tömähdys.

Arttu pelasi pitkään. Äiti kävi välillä ovenraossa ja huomattuaan tohkeiset leikit suuntasi hymyillen omiin askareisiinsa. Vaikka leikkiminen jatkoi yöllistä unta, oli se kuin varjo oikeasta pelaamisesta. Arttu tiputti ukot käsistään, suuntasi veljensä huoneeseen ja katseli haikeana kentällä kirmaavia poikia. Hänellä olisi niin paljon näytettävää, monia uusia Steveltä opittuja kikkoja.

Illalla kuume nousi taas. Aiemmin päivällä Arttu oli toivonut pääsevänsä jo seuraavana päivänä pelaamaan. Nyt hän oli allapäin, sillä kentälle pääsy siirtyisi. Näkisipä edes samanlaista unta kuin edellisenä yönä.

Yö oli kuitenkin toisenlainen. Arttu nukkui rauhallisesti ja poissa pysyivät niin kosteat lakanat kuin unetkin. Aamulla herätessään hän ei muistanut yöstä mitään ja edellisen yön unikin haalistui ja tuntui karkaavan kuin saippuapala kädestä.

Arttu harppasi stadionin yli alakertaan mennessään. Isosisko söi aamupalaansa ja äiti touhuili keittiössä. Isä oli lähtenyt veljen kanssa jäähallille.

Äiti pörrötti Artun hiuksia ja kokeili otsaa.

- Harvoin aamulla kuumetta onkaan, illaks se nousee. Mut jos illalla ei oo kuumetta, pääset huomenna kouluu ja ulos.

Arttu ei niinkään ilahtunut kouluun joutumisesta, mutta sen jälkeisestä pelaamismahdollisuudesta kylläkin.

Sisko kiitti ja pinkaisi letit hulmuten ulos. Arttu kurkkasi keittiön ikkunasta ja näki siskon kirmaavan kavereidensa kanssa kevätauringon hellimään sunnuntaihin.

17

Kiitettyään Arttu laahusti yläkertaan. Hän ei halunnut kiusata itseään katsomalla kentälle, vaan meni suoraan huoneeseensa. Stadion ei vetänyt lainkaan puoleensa eikä lännenkaupungilla leikkiminenkään innostanut yhtään. Jonkin aikaa mietittyään Arttu kaivoi postimerkkikansionsa esiin ja ryhtyi lajittelemaan merkkejä. Hän käänteli sivuja varovasti, ettei aukeaman ohut välipaperi rypistyisi. Pinseteillä Arttu lajitteli merkkejä koon ja aiheiden mukaan omille riveilleen. Erityisen ylpeä hän oli unkarilaisten merkkien kokoelmastaan.

Arttu oli aikoinaan innostunut *Magyar Posta* nimestä ja hänelle oli kertynyt paljon värikkäitä taideteoksia, avaruutta ja urheilua esittäviä merkkejä. Yksi neljän merkin pienoisarkki oli kuitenkin ylitse muiden ja se päätyikin kunniapaikalle keskelle sivua. Se oli kunnianosoitus Ferenc Puskásille alias Laukkaavalle majurille, isän idolille. Isä kertoi kuunnelleensa radiosta Helsingin olympialaisten loppuottelun 1952, jossa Unkari oli Puskásin johdolla voittanut Jugoslavian 2-0.

Arttu väsähti postimerkkeihin ja työnsi kansion sivuun. Hän harppasi stadionin yli ja meni katsomaan kentälle. Polkupyöriä oli paljon ja maalivahtien määrästä ja rangaistuspisteellä olevasta potkaisijasta Arttu arvasi, että pelattiin pudotusta, jossa potkaisija yritti tehdä maalia ja maalivahdit torjua. Jos epäonnistui, tippui pois pelistä. Ja viimeisen maalin tekijä voitti.

Artulle oli kerran syntynyt säännöistä erimielisyyttä, jonka seurauksena hän oli tullut kotiin reikä housunpolvessa ja verta vuotavana. Artusta ei ollut reilua, että potkaisijan piti tehdä maali joka kerta. Reilumpaa olisi, jos potkaisija tippuisi vain ohi potkaistessaan ja maalivahdin torjuessa paikkoja vain vaihdettaisiin. Joskus Arttu pystyi ujuttamaan sääntöjään peliin, mutta ei Jaken ja Jasun ollessa mukana.

Nuo kaverukset olivat jostain syystä ottaneet Artun silmätikukseen ja keksivät aina jotain jäynää. Arttu kutsuikin heitä kiusankappaleiksi eikä mielellään ollut heidän kanssaan missään tekemisissä. Aina välttely ei onnistunut, varsinkaan jos halusi pelata toisten kanssa.

Vaikkei Arttu tunnistanutkaan pelaajia vaatteiden vaihduttua keväisiin, heidän olemuksensa ja liikkeensä säteilivät iloa ja riemua. Päästäkseen pelaamaan Arttu olisi antanut mitä vaan; vuosia kerätyn postimerkkikokoelmansa, suurella vaivalla haalitun tarrakokoelmansa, vaivoja ja aikaa säästämättä rakennetun lännenkaupunkinsa.

Huomatessaan isän vihreän auton saapuvan Arttu livahti nopeasti huoneeseensa. Hän sujahti torkkupeiton alle ja nukahti. Muutamia tunteja myöhemmin hän heräsi pää pyörryksissä.

- Kuumasta olosta huolimatta, ei siul kuumetta oo, tuumasi äiti poiketessaan huoneeseen. Hän kehui Arttua tunnolliseksi koululaiseksi tämän sairastaessa viikonloppuna. Jos tuo oli tunnollisuutta, Arttu olisi mieluummin kaikkea muuta. Häntä harmitti, että vain harvoin sairasti viikolla.

Arttua jännitti kuumeenmittaus. Äidin katse elohopean aneemisesta kipuamisesta kertoi kaiken; koulu kutsui, mutta myös kenttä. Toivottavasti tulisi muitakin, sillä hän halusi näyttää kavereille Steven opettamat kikat. Iltarukouksen loppuun hän lisäsi pyynnön, että Steve tulisi taas pelaamaan hänen kanssaan. Harras pyyntö huulillaan Arttu nukahti.

Maanantaiaamu oli kuin eri vuodenaika, sillä viikonlopun kevätauringon ja purojen solinan olivat syrjäyttäneet harmaus ja räntäsade. Äidin lausuma sananlasku - *Uusi lumi on vanhan turma* - ei vakuuttanut ja Arttu pelkäsikin räntäsateen pehmittäneen kentän pelaamiskelvottomaksi.

Arttu lähti laahustamaan kouluun. Äiti ei ollut antanut ottaa pyörää, sillä räntäsade teki pyöräntien kuulemma liukkaaksi ja peitti alleen mahdollisen jään. Kentällä ei ehtinyt käymään, mutta leikkipuistoa ohittaessaan Arttu katseli kentälle; tasaisen valkoinen peitto oli peittänyt sen kokonaan alleen.

Arttu oli perillä kellojen soidessa, mutta hän kipaisi koulunkentälle. Se oli kodin vieressä olevaa pienempi, mutta olisi luultavasti samanlaisessa kunnossa. Pinta oli koskematon ja lumen määrää oli vaikea arvata, mutta Arttu arveli, ettei sitä ollut kertynyt paljoa.

Astuttuaan kentälle Arttu huomasi kenkiensä jättämien tummanruskeiden jälkien loistavan tummina valkeuden keskellä kuin maitoon upotettu kaakaolusikallinen. Jäljet sekoittuisivat muiden jälkiin oppilaiden kirmatessa välitunnille.

Arttu tarttui tilaisuuteen, joka ei todennäköisesti toistuisi. Talsittuaan aikansa hän tunsi kenkiensä kastuneen ja ajatteli mainita asiasta äidille. Hän katseli aikaansaannostaan ja lähti sitten laahustamaan koululle. Riisuessaan ulkovaatteensa naulakkoon hän huomasi toisten vaatteista olevansa myöhässä. Hän nielaisi ja koputti oveen.

- Sisään.

Arttu käänsi kahvaa ja astui luokkaan. Kaikki seurasivat mielenkiinnolla hänen epämääräistä selitystään ja istuutumistaan. Sukkien lattiaan jättämät jäljet saivat luokkakaverit tirskumaan.

Arttu yritti keskittyä tuntiin, mikä osoittautui vaikeaksi, koska ajatukset harhailivat muualla ja hän tunsi itsensä puolikuntoiseksi. Niinpä hän lähinnä piirteli kirjaan ja odotti tunnin loppumista. Kellon viimein soidessa oppilaat purkautuivat samanaikaisesti ja vauhdilla luokista käytävään. Lasten juostessa ulos patoutunut energia ryöpsähti valloilleen kuin vedet vapautetussa Imatrankoskessa.

Äkkipysähdyksen seurauksena Arttu oli törmätä edellään juosseisiin. Toivuttuaan hämmennyksestä hän kuikuili selkien takaa. Loivasti alas viettävässä rinteessä joukko katseli kentälle.

Arttu myhäili kuullessaan kysymyksen.

- Mitä siellä oikei lukee?

Hän oli jo aukaissut suunsa valmiiksi, mutta joku ennätti ensin.

- Steve.

- Ai Steve, kuka se on?

Arttu oli aikeissa kertoa, ettei kyseessä ollut kuka tahansa vaan itse Steve Archibald, kun joku potkaisi pallon kentälle ja kysyi:

- Piestääks suuta vai pelataako?

Joukko ryntäsi kentälle ja jätti Artun hölmistyneenä paikoilleen. Kun hän tuli toisten luo, olivat ruskeuttaan loistaneet kirjaimet muisto vain. Nimi osoittautui yhtä katoavaiseksi kuin yöllinen unikuva.

21

Koulusta päästyään Arttu juoksi kotiin, heitti reppunsa eteisen nurkkaan, hotkaisi välipalan ja ampaisi ulos. Hän laittoi pallon tarakalle ja suuntasi kentälle. Vesilammikoita ei näkynyt, mutta kosteus oli imeytynyt syvemmälle, mikä selvisi renkaiden pyörähdettyä muutaman kierroksen. Liikkuminen oli haastavaa ja vain kova vauhti esti rengasta juuttumasta kiinni. Arttu keskittyi, puristi rystyset valkoisina ohjaustankoa ja polki vinhasti kentän poikki verkkoaidalle, jonka edessä pinta oli kovempaa.

Asetellessaan palloa keskittyneesti maahan Arttu muuttui Steve Archibaldiksi ja siirtyi pieneltä Voisalmen hiekkakentältä kuuluisalle ja mahtavalle The Lanelle. Ympärillä eivät humisseet puiden oksat vaan tuhannet mylvivät ihmiset hänen valmistautuessaan rangaistuspotkuunsa.

Peräännyttyään pallolta hän pysähtyi. Silmät kiinni, syvään hengittäen hän pohti, mihin ampuisi. Avattuaan silmät hän loi maalivahtiin itsevarmuutta uhkuvan katseen, jolla viestitti olevansa tämän yläpuolella. Hän kävi suorituksensa vielä mielessään läpi.

Yleisö hiljeni ja pidätteli hengitystään; pillin vihellys, oikean ja vasemman jalan askeleet ja räjähtävä potku oikealla. Maalivahti heittäytyi vasemmalle pallon jatkaessa oikealle verkon perukoille.

Yleisö repesi. Se huusi, pomppi ja lauloi kuorossa: *Steeeevee, Steeeevee.* Kädet ylhäällä, arvonsa tuntien hän nautiskeli kaiken keskipisteenä, paistatteli parrasvaloissa, sankari. Steve Archibald. The Lanen Kuningas.

Maalivahti poimi suutuspäissään pallon ja potkaisi sen. Havahtuessaan pallon tömähdykseen Arttu kääntyi ja näki Jasun ja Jaken. Hän laski nolona kätensä ja ymmärsi kaverusten kuulleen hänen selostuksensa.

- En oo koskaa kuullukaa mistää Artsipallista vai mikä lie olikaa. Kevin Keeganin tietää jokaine, hää on paras.

- Keegan on hyvä, mut Steve Archibald on parempi, vastasi Arttu itsevarmasti Jakelle.

Jasu repesi nauramaan ja hänen räkättävä naurunsa tarttui Jakeenkin. Arttu seisoi nauravien kaverusten edessä avuttomana, kääntyi ja poimi pallon maasta. Hän oli laittamassa sitä tarakalle, kun Jake tarttui häntä tiukasti olkapäästä.

- Selvitetää kumpi on parempi, Keegan vai siun Artsipallis.

Arttu olisi mieluummin lähtenyt kuin pelannut kaverusten kanssa, mutta Jaken ote kertoi, ettei vaihtoehtoa ollut. Vastahakoisesti hän otti pallon tarakalta.

- Jasu menee maalii ja myö pelataa mies miestä vastaa, mie vastaa sie, Keegan vastaa Artsipalli.

Arttua ei innostanut, että Jasu olisi myös tuomari, sillä tämä olisi Jaken puolella. Hän olisi omillaan, eikä millään pärjäisi yksin, ei sanallisesti eikä fyysisestikään; Jake oli sitä paitsi vuoden vanhempi ja Jasu kookkaampi. Arttu nieli Jaken sanelemat säännöt ja nyökkäsi.

Jasu pompotteli palloa ja molemmat nyökkäsivät olevansa valmiina ja odottelivat avauspotkua. Jasu otti pallon käsiinsä ja potkaisi sen korkealle. Pallo tömähti kentän pintaan poikien takana ja pomppi kauemmas.

Arttu säntäsi liikkeelle. Tavoitettuaan pallon, hän käännähti ja lähti kuljettamaan sitä paikallaan seisovaa Jakea kohti. Hän oli taas Steve The Lanella ja antoi pallon liikkua jalalta toiselle ja toisteli mielessään: harhautus lähtee navasta.

Tultuaan lähietäisyydelle hän teki stevemäisen harhautusliikkeen oikealle mennen kuitenkin vasemmalta.

Ohitettuaan Jaken hän tunsi oikeassa jalassaan kipua ja kaatui pitkin pituuttaan kentän pintaan. Hiekka rikkoi paidan kyynärpäät ja housun polvet, mutta paljaaseen ihoon, ei edes viime hetkellä pystyyn nostamaansa leukaan, tullut jälkeäkään.

Arttu nousi istumaan. Hän piteli jalkaansa, katsoi Jasua ja odotti tuomiota. Jasu huusi vaparia ja osoitti kädellä eteensä. Jake ei purnannut vastaan, vaan siirtyi lähemmäs Jasua ja maalia. Jalkaansa aristellen Arttu asettui pallon taakse. Jasu liikkui maalilla puolelta toiselle ja valmistautui vastaanottamaan palloa. Jake seisoi muutaman metrin päässä maalista tekemättä mitään ja Arttu toivoikin tämän peittävän Jasun näkyvyyden.

Jasu torjui vain vaivoin Artun kierrepotkun ja pudotti pallon hänen ja Jaken väliin. Jakeen tuli eloa; hän nappasi pallon ja potkaisi sen verkkoon.

- Maaaaaliiiii! Keeeeegaaaan!

Jake venytti sanojaan kuin paraskin television urheiluselostaja ja tuuletti villisti. Arttu loi Jasuun kysyvän katseen, mutta levitetyt kädet viestittivät, ettei mukamas ollut mahtanut vedolle mitään.

- 1-0, Keegan vastaa Artsipalli, elämöi Jake mahtipontisesti, vaikkei hänen olemuksessaan ja pelityylissään ollut mitään mahtavaa. Sisuuntuneena Arttu otti pallon ja ajatteli yrittävänsä jotain uutta. Mieli ei tehnyt törmätä toistamiseen jämäkästi paikallaan seisovaan Jakeen.

Arttu lähti liikkeelle ja siirteli palloa jalalta toiselle. Hän piti silmällä Jakea ja ajatteli kiertää tämän kauempaa suojaten kropallaan ja potkaisisi sitten maalia kohti.

- Yli! Jaken heitto.

Sivurajoista ei ollut sovittu, mutta Arttu jätti pallon ja lähti maalille. Ensimmäistä kertaa Jake joutui olemaan aloitteellinen ja hän lähestyi epävarmasti eteen pudottamansa pallon kanssa Arttua. Pallonkäsittely ei ollut yhtä sulavaa kuin Artulla ja Jaken ajatuksia olikin helppo seurata; harhauttamaan tämä ei ryhtyisi ja tässä olikin Artun mahdollisuudet.

Jake häkeltyi Artun nopeasta hyökkäyksestä ja potkaisi hätäisesti palloa. Se jäi puolitiehen maalista, josta Arttu otti sen, käännähti ja suuntasi maalille.

Jasu yritti arvuutella Artun aikeita, mutta tämä oli päättänyt tehdä maalin suunnitelmiaan paljastamatta. Hän juoksi suoraan maalia kohti, viritti sellaisen laukauksen, että Jasu koukisti polvensa ja suojasi käsillä kasvojaan ja ylävartaloaan. Pallo viuhui kokoon käpertyneen maalivahdin ohi verkon perukoille.

– 1-1, Steve Archibald tasoitti.

Arttu nosti kätensä ylös ja antoi hyvän olon loistaa kasvoiltaan.

– Hullu. Ei noi läheltä saa tuollasii tykkejä ampuu. Olis varmaa pikkuse sattunu.

Jasun kommentit pudottivat alas Artun tunnelman ja kädet. Eihän laukaus ollut ollut edes kova, ei läheskään Steven kovimmasta päästä. Jupistuaan aikansa Jasu heitti Jakelle pallon. Tämä laski jalkansa sille ja katsoi Artun ohi maalille samanlaisella ylimielisyydellä ja ilkeydellä, joka hänellä oli aina hautoessaan mielessään jotain ikävää.

Jake lähti laiskasti liikkeelle. Hän siirteli välinpitämättömästi palloa jalalta toiselle. Arttu oli pienessä liikkeessä ja muisti isän kanssa katsotuista lauantain valioliigan otteluista, miten puolustajat odottivat hyökkääjien tekevän ensimmäiset siirrot. Arttu oli yleensä seurannut Steve Archibaldia, joka oli hyökkääjä, joten nyt Arttu joutui muuntamaan hyökkääjä-Steven peliälyn puolustaja-Stevelle ja toimimaan sen mukaisesti.

Hyökkäys on paras puolustus, ajatteli Arttu ja syöksyi kohti Jakea. Tällä kertaa tämä ei kuitenkaan hätkähtänyt, vaan näytti odottaneen Arttua. Jake jatkoi pallon siirtelyä ja Artun päästyä pallonmitan päähän, käännähti äkkiä. Arttu jäi Jaken selän taakse.

Arttu yllättyi liikkeestä, mutta alkuhämmennyksestä toivuttuaan yritti päästä jaloillaan käsiksi palloon. Jake suojasi hyvin eikä Arttu saanut palloa, vaikka yrittikin sitkeästi vuorotellen kummaltakin puolelta. Hän otti kätensä avuksi ja yritti kääntää Jakea selästä, joka kuitenkin torppasi yritykset viuhuvilla kyynärpäillään. Arttu laski kätensä ja tyytyi odottamaan.

Kurkatessaan välillä olkansa yli Jaken kasvoilla oli tuttu virne, mikä ärsytti Arttua entisestään. Hänen oli ylipäätään vaikea kestää kiusoittelua ja sulattaa tappiota ja nyt sitä, ettei edes pelattu kunnolla. Nyt ei ollut kyse poikien välisestä ottelusta, vaan siitä, kumpi olisi parempi pelaaja, Steve Archibald vai Kevin Keegan.

Arttu hermostui ja yritti horjuttaa Jaken tasapainoa tönäisemällä tätä selästä. Tämä horjahtikin hiukan, mutta korjasi nopeasti asentonsa ja Artun päinvastaisista toiveista huolimatta pallo pysyi Jakella. Yrittäessään uudestaan pujahtaa Jaken selän takaa Arttu tunsi äkkiä vihlovaa kipua kasvoissaan; Jaken kyynärpää oli osunut suoraan nenään.

Arttu painoi päänsä alas ja vei kädet nenälleen, jolloin Jake kierähti ohitse. Arttu siirsi nopeasti katseensa verestä punertuneista käsistään Jaken selkään, mutta ärsytetyn härän lailla ei nähnyt edessään vihreää takkia, vaan pelkkää punaista. Hän kiihdytti voimansa, kokosi kaiken raivonsa ja liukui jalka suorana Jaken jalkoihin, joka menettikin pallonhallinnan ja kaatui mahalleen. Jasu nappasi pallon.

Tilanne jähmettyi paikoilleen kuin kuva lehden urheilusivulla: Jake mahallaan kädet edessä ja jalat ylhäällä, Arttu Jaken takana toinen jalka suorana edessä ja Jasu polvillaan maalin edessä kaksin käsin pallosta kiinni pitäen.

- Rankkari.

Jasun ääni katkaisi liikkumattomuuden ja vapautti ajan. Hän heitti pallon käsistään ja riensi auttamaan Jakea, jonka farkkujen polviin liukuminen kentän karhealla pinnalla oli kuluttanut reiät. Pyyhkiessään hiekasta ja verestä tummentuneita käsiään housuihinsa Jake loi Arttuun katseen, joka ei kertonut kivusta, vaan oli tutun ylimielinen.

Arttu pyyhkäisi nenästään kämmenselkään punaisen raidan ja tuijotti Jakea epätodellisin silmin tämän viedessä palloa rangaistuspilkulle. Jake irrotti otteensa pallosta ja peruutti muutaman askeleen. Hän katsoi itsevarmasti maalilla keikkuvaa Jasua, jonka koukistuneet polvet, eteenpäin taipunut yläkroppa ja kädet muodostivat torjunta-asennon.

Jake nosti kätensä pystyyn niin kuin televisiossa pelaajat valmistautuessaan rangaistuspotkuunsa. Käden laskeuduttua Jake otti kolme ripeää askelta, joita seurasi napakka oikean jalan potku. Maalilla Jasu heittäytyi oikealle pallon jatkaessa maalin toiseen laitaan.

Kaikki katsoivat palloa. Jasu lähimpänä kentän pinnalla maaten, Arttu kauimpana kyykistyneenä ja Jake poikien välissä. Huomattuaan pallon maalissa hän nosti kätensä ylös, kääntyi sanaakaan sanomatta ja katsoi alas kohtaloonsa alistuneeseen Arttuun.

Jasu kömpi pystyyn, juoksi Jaken luo ja nyrkkeilytuomarin lailla yritti nostaa tämän ylhäällä olevaa kättä vieläkin ylemmäksi. Se ei onnistunut ja näytti kuin Jasu roikkuisi epätoivoisesti Jaken kädessä.

- Ja voittaja on…Kevin Keegan.

Kädet ylhäällä ja Jasu toisessa kädessä roikkuen Jake lähti tulemaan Arttua kohti. Nöyryytettynä ja tappiota nieleskellen Arttu nousi pystyyn. Jaken kasvoilla oli taas ylimielinen katse, joka jo itsestään olisi riittänyt musertamaan Artun.

- Siinä kävi nii, ettei siun Artsipallis pärjänny oikeelle pelimiehelle. Pitäis vähä kattoo kene kaa lähtee kisaamaa, Ade-poika.

- Hei, tuoha rimmaa hyvi ja on hyvä lyhennys siit Artsipallist. Ade-poika.

Jasu kintereillään Jake tuli seisomaan aivan Artun viereen. Hän katsoi tuimasti ja tönäisi rajusti olkapäähän Arttua, joka horjahti tönäisyn voimasta.

- Se oli siitä kampista.

Jake tönäisi heti perään toiseen olkapäähän.

- Ja se siitä ku alkaa isottelemaa.

Arttu ei ollut ensitönäisyn jäljiltä tasapainossa, joten toinen rajumpi tönäisy kaatoi hänet selälleen. Kyyneleet valuivat pitkin poskia ja liittyivät nenästä vuotaneeseen vereen ja räkään.

Arttu kömpi käsien varassa puoli-istuvaan asentoon ja näki edessään ilkkuvat Jaken ja Jasun. Kyynelten sumentamin silmin hän haki palloa ja nähtyään sen nousi pys-

28

tyyn ja lähti sitä kohti. Pojat seurasivat vierestä niiskuttavaa ja hoippuvaa Arttua. Jake oivalsi tämän päämäärän, otti muutaman ripeän juoksuaskeleen ja oli pallolla ensin. Jake heitteli palloa ilmaan näennäisen huolettomasti, mutta kuitenkin päättäväisesti.

Vaikkei nähnytkään kunnolla, Arttu erotti kuitenkin selvästi pallon liikkeet. Hän yritti tavoitella sitä, mutta Jake oli koko ajan askeleen edellä. Mitä kovemmin Arttu yritti, sen kiukkuisemmaksi hän kävi ja yritykset epätoivoisemmiksi. Kyyneleet ja puuskutus huurruttivat silmälasit, mikä vaikeutti entisestään yrityksiä. Samanlaisen raivon vallassa kuin pelissä koetun vääryyden jälkeen Arttu syöksähti Jakea kohti. Vikkelän härkätaistelijan tavoin tämä väisti ja tuuppasi Arttua selästä. Ennen kuin ehti kunnolla tajuamaankaan, Arttu makasi rähmällään maassa.

- Mitää ei saa ilmaseks, kaik pitää ansaita. Vai mitä, Huurre-Ade?

Jake pompotteli palloa ja luotuaan Arttuun vielä viimeisen ivallisen katseen potkaisi sen käsistään. Se lensi korkeassa kaaressa kohti kentän reunalla olevaa pientä metsikköä ja päätyi vaimeasti läsähtäen sen keskellä olevaan lampeen.

Jake ja Jasu tuulettelivat onnistunutta potkua. Rehvakkaasti naureskellen he tuuppasivat Artun pyörän nurin, jota Jake vielä ohi mennessään potkaisi kuin viatonta ja puolustuskyvytöntä uhria. Pojat hyppäsivät pyöriensä selkään ja polkaisivat paikalta viimeisten pilkkahuutojen jäädessä leijumaan ilmaan.

Arttu nousi. Verisiin ja aristaviin kämmeniin, joiden nahka oli rullautunut auki, oli sekoittunut hiekkaa eikä niitä tehnyt lainkaan mieli pyyhkiä housuihin. Arttu yritti kevyesti puhaltamalla lieventää kipua ja saada hiekan- muruja pois siinä kuitenkaan onnistumatta.

Arttu niiskautti ja nilkutti pyörälleen. Askel painoi, ja- lat olivat kipeät ja housut rikki. Tarttuessaan pyöräänsä Arttu huomasi Jaken potkun vääntäneen ohjaustangon ja tunsi käsissään tyhjennetyt renkaat vanteiden lonksu- essa epätasaista kenttää vasten.

Saavuttuaan lammelle Arttu huomasi Jaken potkais- seen pallon tarkasti keskelle lampea, missä se nökötti paikallaan kuin Saimaalle ankkuroitu vene. Yleensä pieni- kin tuulenvire kuljetti pallot rantaan, mutta nyt oli tyyntä. Lampi oli pieni, mutta lumisen talven jäljiltä ääriään myö- ten täynnä, joten edes kumisaappaista ei olisi ollut apua.

Arttu pohti vaihtoehtoja. Kivittämällä palloa osumat tai ohimenneiden kivien synnyttämät molskahdukset voi- sivat saada sen liikkeelle. Löydettyään kiviä hän päätti ko- keilla.

Painavimmat eivät lentäneet lähellekään ja syntyneet molskahdukset kyllä keinuttivat, mutta eivät liikuttaneet palloa. Se oli kuin lainelautailija, joka ratsasti paikallaan aalloilla. Pienemmät taas lensivät kevyesti yli ja upposi- vat nostattamatta juurikaan molskahduksia. Arttu ihmet- teli, etteivät osumatkaan saaneet palloa liikkumaan, niin kuin yleensä. Lammessa ei tosin nyt ollut mitään holtitto- masti lentelevää kumipalloa, vaan oikea, aito nahkainen jalkapallo.

Kivien osoittauduttua toimimattomiksi Arttu päätti kokeilla pitkää risua. Lammen reunalla kasvavat pajut oli- vat tuoreita eivätkä sitkeinä katkeaisi helpolla ilman link- kuveistä. Arttu katselikin valmiiksi katkennutta ja löysikin talven tuiskujen kaataman pitkänhuiskean ohutrunkoi- sen pajun.

30

Vettyneestä rungosta hohkasi kylmää haavoittuneisiin ja arkoihin käsiin. Hammasta purren Arttu tarttui itseään huomattavasti pidempään pajuun. Hän otti paksummasta tyviosasta kiinni ja heilautti latvaa palloa kohti, jota se hipoikin oksien läiskähdellessä lammen pintaan. Ensimmäinen yritys jäi vajaaksi. Arttu tarttui uudestaan kahdella kädellä aivan tyvestä ja heijasi itseään edestakaisin saadakseen voimaa taakseen ja vahvistaakseen liikettään. Laskettuaan kolmeen hän irrotti vasemman käden otteensa pajusta ja sinkosi sen palloa kohti.

Latva hivotteli palloa. Arttu siirtyi lähemmäs vesirajaa ylettyäkseen paremmin. Lammen reuna oli liukas ja vain vaivoin Artun onnistui pitämään lenkkarinsa kuivina. Nostaessaan pajun lammesta ylös hän joutui tasapainoilemaan pysyäkseen pystyssä.

Oksat läiskähtivät lammen pintaan ja latva palloon. Se heilui kovasti, muttei liikkunut. Arttu nosti pajun nopeasti ylös ja toisti liikkeen. Taas osuma, mutta tälläkään kertaa pallo ei liikkunut.

Varovasti Arttu liu'utti kenkiään vielä lähemmäs vedenpintaa. Kipristelevät varpaat painuivat tiukasti lenkkarien sisäpohjiin antaakseen lisää pitoa. Sileät kumipohjat eivät kuitenkaan pureutuneet tiukemmin liukkaaseen maahan vaan paikallaan pysyminen oli täysin Artun painon varassa.

Huojuen Arttu kohotti pajun ja heilautti sen palloa kohti; latva meni yli ja läiskähti vauhdilla lammen pintaan. Innostuneena latvan alapuoleisen rungon osumasta ja pallon pienestä liikkeestä Arttu liikutteli pajua ja yritti saada palloa tarttumaan johonkin oksanhaaraan.

Paju hankasi vasten palloa, joka liikkuikin hetken. Arttu nosti pajun ylös ja oli heilauttamaisillaan sen takaisin, kun tasapaino äkkiä petti ja hän alkoi liukua lampeen. Hän irrotti otteensa pajusta, joka tippui vauhdilla veteen, mutta vapautuneet kädetkään eivät pystyneet jarruttamaan jalkoja. Liike pysähtyi kuitenkin äkkiä ja vain vaivoin Arttu pysyi pystyssä.

Jalat olivat nyt tukevasti lammenpohjassa ja polviin asti ylettyvä kylmä vesi sai Artun hytisemään. Hän katsoi palloa ja mietti, kuinkahan syvää sen kohdalla olisi. Jatkaisiko vai palaisiko? Jos palaisi, niin silloin kengät ja housut olisivat kastuneet aivan turhaan.

Pitkän pajun käyttäminen ei onnistunut vedessä ja kun kättä pidempää ei ollut, käsi oli ainoa vaihtoehto. Kahlaaminen kylmässä vedessä ei houkutellut, mutta nyt ei voinut perääntyä ja luovuttaa, sehän olisi tappion tunnustamista ja siihen Arttu ei ollut missään tapauksessa valmis. Sisarukset sanoivat aina Artun olevan huono häviäjä, ja sellainen hän olikin, haluamatta hävitä missään tilanteessa ja hän vihasikin enemmän häviämistä kuin tykkäsi voittaa.

Pelissä koettu vääryys kalvoi mieltä. Arttua oli kohdeltu kaltoin, ja Jaken voitto oli ollut kaverusten yhdessä sopima, todellinen sopupeli. Jos olisi pelattu reilusti, hän olisi voittanut, samoin kuin Steve voittaisi Kevinin, jos he olisivat samanlaisissa joukkueissa samanlaisten pelikavereiden ympäröiminä.

Arttu lähti kahlaamaan pallolle. Hän tähysti sameaa pohjaa ja pinnalla olevat kädet vaappuivat puolelta toiselle auttaen etenemistä. Lampi syveni ja vesiraja ylettyi jo reilusti polvien yläpuolelle lähestyen vyötäröä. Päättäväisesti Arttu jatkoi vedenalaisista juurista ja risukoista välittämättä. Pallolle ei ollut enää pitkälti ja Arttu kurotti kätensä tarttuakseen siihen. Vaistomaisesti vauhti kiihtyi, keskittyminen herpaantui, tasapaino horjui eivätkä tunnustelijoina pohjassa liikkuneet jalat ehtineet viestittää ajoissa edessä olevasta risukosta.

Vettä roiskui ympäriinsä Artun kaatuessa. Hän pärski ja räpytteli silmiään, kun nosti päänsä ylös. Ikään kuin eteen ojennetut kädet olisivat irrallaan muusta ruumiista, niin oudoilta ne pallon ympärillä näyttivät.

Vesipisarat liukuivat pallon mustia ja valkoisia ruutuja pitkin kohti lammen pintaa kuin lapset talvista mäkeä. Arttu yritti pyörittää palloa vedenpinnalla, mutta turhaan. Monista nostoyrityksistä huolimatta se pysyi paikoillaan. Irrotettuaan kätensä Artulle selvisi syy pallon liikkumattomuuteen: eräs ommel oli revennyt ja lammen pohjasta korkeuksiin kurottava risu oli työntynyt saumasta sisään. Ellei olisi itse nähnyt potkua, väittäisi jonkun laittaneet pallon paikoilleen. Miten oli mahdollista, että korkeassa kaaressa lentänyt pallo oli tullut risun lävistämäksi puhkeamatta?

Arttu tarttui toisella kädellä risusta ja puristi pallon tiukasti kainaloonsa. Vain ommel oli rikki eikä hän halunnut pallon rikkoutuvan enempää, joten hän taivutti risua itseään kohti, nojautui taaksepäin ja kiskaisi kaikin voimin. Risu antoi periksi ja pallo kainalossa Arttu upposi veden alle. Hän pyristeli itsensä pystyyn pallo tiukasti kainalossa ja kömpi rannalle. Ihoa vasten liimautuneet vaatteet ja veden täyttämät lenkkarit tekivät liikkumisen raskaaksi.

Märät vaatteet, vettyneet kengät, rikkoutunut pallo, tyhjentyneet kumit ja vääntynyt tanko, nahasta kuoriutuneet kämmenet ja verinen nenä tekivät Artusta melkoisen näyn. Ulkoiset vammat ja vauriot hän vielä jotenkin kestäisi, nehän korjautuisivat, umpeutuisivat ja paikkaamisen ja hoivaamisen myötä häipyisivät unholaan, mutta sisäiset vammat eivät ihan heti katoaisikaan. Siitä pitäisivät Jake ja Jasu varmasti huolta, niin hyvin Arttu tunsi kaverukset.

Ade. Huurre-Ade. Arttu oli varma, että kuulisi vielä nuo nimet, ei missään mukavissa yhteyksissä ja kivoina lempiniminä, vaan päinvastoin ikävinä ja pilkkaavina. Masentavat ajatukset mielessään Arttu laittoi pallon tarakalle ja lähti linkuttamaan kotia kohti tietämättä kumpi tuki kumpaa, hän pyörää vai pyörä häntä, raihnaisia kumpikin.

Hän oli kokenut kovan kolauksen hävitessään, mutta myös Steve Archibaldin taipuessa Kevin Keeganille. Miten Steve toimisi tällaisessa tilanteessa? Miten kohtaisi tappion? Eräs isän kanssa katsottu lauantai-iltainen valioliigan ottelu palasi mieleen.

Englantilainen talvi jatkuvine vesisateineen oli tehnyt kentän liukkaaksi ja vetiseksi, hankalaksi pelata. Tottenham pelasi vieraskentällä fanaattisen, vihamielisen ja armottoman yleisön edessä. Jatkuvat vihellykset, buuaukset, solvaukset ja negatiivinen mylvintä täyttivät stadionin aina Tottenhamin saadessa pallon. Ja kun joukkueen tähdet, Steve Archibald muiden mukana, hyökkäsivät, joutui Arttu laittamaan televisiosta ääntä pienemmälle; yleisön melu peittosi alleen jopa selostajan äänen ja jätti taakseen yleisön kotijoukkueelle antaman kannustuksenkin. Yleisö vihasi enemmän Tottenhamia kuin rakasti omiaan.

Kotijoukkueen puolustajat jakelivat anteliaasti liuku-taklauksia ja useamman kerran niillä saatiin Steveltäkin pallo pois ja hänet rähmälleen kentän pintaan. Noustessaan läpimärkänä ja jalat kolhuilla Steve jatkoi pelaamista kuin mitään ei olisi tapahtunutkaan. Hän ei jäänyt kentän pinnalle kieriskelemään eikä voivottelemaan, vaan nousi sisukkaasti ylös uudestaan ja uudestaan.

Arttu pysähtyi kotipihan rajalla olevan roskakatoksen kulmalle. Jos Steve oli kestänyt sisukkaasti kaiken, miksei hänkin. Ei hän voinut ihailla vain Steve Archibaldin pallonkäsittelytaitoja, silloinhan ihailu olisi yksipuolista. Arttu ei voisi unohtaa tämän sisukkuutta ja periksi antamattomuutta, jotka olivat myös tärkeä osa tätä. Jos hän halusi olla kuin Steve, hänen tuli nostaa päänsä ja jatkaa pystypäin, vaikka sitten vähän linkaten ja kolhuilla.

Arttu puristi tiukasti käsiään tankoa vasten, nosti päänsä ja astui pihalle vievälle polulle.

JACKSON WILLEN LOPPU

Kukkulan laelta avautui laaja laakso. Hevosen selässä ratsastaja katseli tuttua maisemaa, kuten niin monesti aiemminkin ja joka kulki aina matkoilla mukana. Nyt kaikki vain ei tuntunut olevan kohdallaan.

Tähän aikaan talojen savupiipuista nousi yleensä taivaalle savukiekuroita muistuttamaan iltaruuasta. Nyt ne olivat orpoina, niin kuin ikkunatkin; öljylamppujen luoma lämmin tunnelma oli tipotiessään ja ulos heijastui taloissa viipyilevä kylmyys ja pimeys.

Ratsastaja hieroi mietteliäänä leukaansa. Hän ei tykännyt näkemästään, joka muistutti matkalla olemisesta. Ratsastaminen preerialla paahtavan auringon alla, yöpyminen taivasalla kaiken paljastavan nuotion äärellä ja vieraissa kaupungeissa vierauden keskellä toivat epämiellyttävyyden iholle, jatkuvaa varuillaan oloa, koskaan ei voinut rentoutua.

Yleensä laakson näkeminen rauhoitti ollen viimeinen pysähdys ennen keidasta, joka suloisuudellaan kutsui matkaajaa. Kaupunki oli kuin magneetti, joka vastustamattomasti veti puoleensa eikä aikaakaan, kun hevonen oli tuntenut kyljissään lähtökäskyn ja suitsien nykäisyn. Nyt hänellä olisi ollut mitä suurempi syy mennä vauhdilla alas, mutta jokin pisti vastaan. Harvoin hän pelkäsi ja vielä harvemmin myönsi sitä, mutta nyt hän pelkäsi, ei niinkään itsensä vaan kaupunkilaisten puolesta. Tuttuja kasvoja piirtyi kasvojen eteen.

Vaikka oli laskeutunut rinnettä monet kerrat ja voisi kehua tuntevansa sen paremmin kuin omat taskunsa, varovaisuuteen oli montakin syytä. Laaksoon laskeutunut kaiken allensa peittänyt pimeys teki hänet varovaiseksi: mitä alhaalla tulisi vastaan? Mistä täydellinen hiljaisuus ja pimeys johtuivat? Vaaniko väijyksissä jonkinlainen vaara? Ratsunsa, tuo uskollinen Dynamiitti, ei ollut enää mikään nuori ori ja siksikään hän ei halunnut ottaa riskejä. Hän hymähti muistaessaan ystävänsä Kitin sanoneen hevosen olevan ihmisen paras ystävä. Se oli paljon sanottu vanhemmalta mieheltä, jota todella pystyi sanomaan ystäväksi ja joka oli osoittanut ystävyytensä monilla teoilla vuosien varrella.

Ratsastaja taputti hevosen turpaa. Hän luotti ratsuunsa ja huomasi puheillaan rauhoittavansa enemmänkin itseään kuin sitä. Vaikka olikin kohdannut monenlaisia vaaroja ja vaikeuksia vuosien varrella, rauhattomuus laittoi sydämen takomaan kiivaasti. Ympärillä oleva hiljaisuus sai sydämen äänet ja hengityksen kuulostamaan raastavalta melulta.

Hevosen kavioiden iskeytyessä kuivaan ja kivikkoiseen rinteeseen lähtivät pienet kivet vierimään ropisten alas. Vaikka ratsastaja joutui tekemään kovasti töitä vaikeassa asennossa pysyäkseen satulassa, hän luotti kavioiden kiinnittyvän tiukasti rinteeseen. He etenivätkin hitaasti mutta varmasti kohti laaksoa.

Pikkuhiljaa rinne loiveni tasamaaksi ja ratsastaja pysähtyi kuulostelemaan laakson ääniä. Hiljaisuus, joka tuulen nosteessa oli noussut kukkulan laelle, tuntui majailevan alhaalla laaksossa; piiloutuneena, haluamatta paljastaa kotikoloaan, mistä oli levittäytynyt kaikkialle.

Ratsastaja nousi ratsailta ja sitoi satulalaukusta kaivamillaan kangaspusseilla ratsun kaviot. Jos oli hevonen ihmisen paras ystävä, niin ei ase kauaksi siitä jäänyt, tuumaili ratsastaja, nousi seisomaan ja veti aseen kotelosta. Pyöräytettyään patruunarullaa ja tarkastettuaan Colt 45:den, joka oli monesti pelastanut tiukoista paikoista, hän työnsi sen koteloon, hyppäsi hevosen selkään ja suuntasi kaupunkiin.

Intiaanit eivät tällä kertaa olleet vierailleet kaupungissa. Vuosien varrella hän oli nähnyt monesti sotajalalla olevien siouxien kylvämää tuhoa, joka ei jättänyt jälkeensä mitään. Nyt kaupunki näytti ulkoisesti ehjältä, vaikkakin autioituneelta; ketään kun ei näkynyt missään eikä mitään kuulunut, ja se teki tunnelmasta hämmentävän pelottavan.

Ratsastaja jatkoi. Kangaspussit vaimensivat Dynamiitin askelluksen ja kaupungissa asusteleva hiljaisuus sai kaksikosta kaltaistansa seuraa. Kameleonttimaisesti he sulautuivat maisemaan ja suurempaa huomiota herättämättä lähestyivät kaupungin porteilla jököttäviä Kolmen kiven kallioita, jotka vankkoina ja jykevinä kohtasivat jokaisen kaupunkiin saapuvan. Niihin olivat pysähtyneet niin siouxit kuin kaupunkia terrorisoineet Brownin pahamaineiset veljeksetkin. Yksinään ne eivät olleet kutsumattomia vieraita torjuneet, vaan yhdessä vartiomiesten kanssa. Ratsastaja tunsi kallion turvan, olihan hänkin ollut Kitin kanssa sheriffin apuna väijymässä kalliolla.

Kallioiden jäätyä taakse vastaan tulivat ensimmäiset laitakaupungin talot. Epämääräinen ura kapeni muotoutuen kadunomaiseksi ja talojen reunustamaksi. Ratsastajan oli helppoa liikkua pimeässä, sillä hän tunsi kaupungin ja sitä halkovan pääkadun rakennuksineen.

Jackson Wille. Jykevään tammeen kiinnitetty kyltti oli edelleen vinossa, eikä edes pimeys pystynyt peittämään *laiskan sepän hutilointia, hymähti ratsastaja. Toisaalta, kyltin oltua jo vuosia tuossa asennossa siitä oli kai tullut jonkinlainen kaupungin maamerkki. Jos se suoristettaisiin, tuntisiko kaupunkia enää omakseen.*

Ratsastaja pysähtyi. Hän katsoi ja kuunteli edessään avautuvaa pääkatua; kukkulan laelta asti seurana olleet pimeys ja hiljaisuus roikkuivat raskaina kadun yllä. Ratsastaja loi katseen katua reunustaviin taloihin kuin vastausta hakien, ratkaisua arvoitukseen. Välinpitämättöminä ne kuitenkin vaikenivat pimeyden kietoma viltti harteillaan.

Kuin isäntänsä herkkyyden aistien Dynamiitti oli valppaana korvat höröllään. Kuin yhteisestä sopimuksesta se lähti liikkeelle lyhyillä, arkailevilla ja tunnustelevilla askeleilla. Ratsastaja käänteli päätään nähdäkseen ihmisiä, mutta silmät tekivät kepposia luullen tuulessa heiluvia puita ihmishahmoiksi. Mitään ei kuitenkaan näkynyt, ainoastaan elottomia paikallaan jököttäviä rakennuksia.

Ratsastaja saapui pormestarin talolle, hyppäsi ketterästi hevosen selästä ja kietaisi talutushihnan hevospuomiin. Ase kädessä hän eteni ovelle, jonka toisenlaisessa tilanteessa olisi potkaissut karmineen sisään ja rynnäköinyt taloon, mutta nyt sellainen tuntuisi pyhäinhäväistykseltä ja olisi räikeä vastakohta hiljaisuudelle.

Ratsastaja tönäisi kevyesti ovea ja huomasi sen olevan auki. Hän työnsi oven selälleen, odotti hetken ovenpieleen nojaten ja syöksyi sitten sisään. Osoitellen aseellaan ympäriinsä hän ajatteli piipun valaisevan huonetta, mitä se ei kuitenkaan tehnyt, vaan toi varmuuden huoneen tyhjyydestä.

Vaalea seinätapetti laimensi pimeyttä. Silmät tottui-

vat nopeasti hämärään ja huoneen tuttuuden vuoksi ratsastajalla oli jonkinlainen käsitys siitä, mitä siellä pitäisi olla. Koristeellinen ruokapöytä tuoleineen oli nurkassa olevan takan läheisyydessä. Vieraillessaan pormestarin luona eräänä syksyisenä iltana Kitin kanssa tulenloimotus oli lämmittänyt mukavasti ja kuivattanut tuiverruksessa kastuneet vaatteet. Lämmön ja illallisen vaikutuksesta oli alkanut ramaista ja silmät olivat painuneet väkisin kiinni.

Vaikka muisto illasta oli tuoreena mielessä, ei pormestari Peter Jacksonista ollut tuoreita havaintoja. Mies oli kadonnut samoin kuin hänen tunnusmerkkinsä, korkea harmaa silinterihattu ja kävelykeppi.

Astuttuaan ulos ratsastaja jatkoi varovaista kulkuaan kadun reunaa pitkin ja pysähtyi välillä kuulostelemaan ja tarkkailemaan ympäristöä. Hän nojasi talon seinään ja luovutti liikkeensä liikkumattomille ja kätkeytyneille ja yritti houkutella ne piiloistaan; kukaan ei kuitenkaan tarttunut tarjoukseen ja hän jatkoi matkaansa.

Sekatavarakauppa oli muutaman talon päässä. Kaupan isolle kuistille kokoontui normaalisti paljon ihmisiä vaihtamaan kuulumisia ja tieto liikkuikin siellä nopeammin kuin Us Mailin postivaunut. Mutta ratsastajan astuessa kuistille ainoina seuralaisina olivat pimeys ja hiljaisuus.

Hän painautui tiukasti ase kädessä seinää vasten ja valmistautui kurkistamaan sisään, vaikka aavistikin kohtaavansa tyhjyyttä. Huomattuaan aavistaneensa oikein hän pyörähti matalana sisään ja hakeutui suojaan. Lattianrajasta pimeä kauppa näytti erilaiselta, mutta kauppias Mick Martinin järjestys oli helppo palauttaa mieleen. Kaupassa kun kaikki olivat paikoillaan; tavarat hyllyillä, jauhotynnyrit, vihanneslaarit ja muut laatikot lattialla *paikoillaan kuin mittanauhalla mitattuina. Ja mitä ei ollut esillä, sen kauppias muitta mutkitta nouti takahuoneesta.*

Ratsastaja nousi ja katseli hyllyjen paperisia ja peltisiä pakkauksia kuin hakien vastausta kysymykseen: mihin oli kadonnut myös kauppias Mick Martin? Tavaroiden kimmottaessa kysymyksen takaisin ratsastaja käänsi katseensa ulos. Rytmittäen liikkumisensa ympäristön hiljaisuuteen hän siirtyi kuistille ja huomasi pimeydessä tumman hahmon pormestarin talon edessä, kunnes muisti uskollisen ratsunsa.

Varovaisesta ja äänettömästä etenemisestä huolimatta askelten nostattama pöly kutitti kurkkua ja muistutti sateettomuudesta. Ratsastaessaan pitkin asumattomia erämaita hän oli tottunut pöllyävän hiekan ja keskipäivän paahtavan auringon tekevän liikkumisen lähes mahdottomaksi, mutta se oli harvinaista, että auringon laskeuduttuakin kaupungissa hiekka pöllysi. Ratsastaja kietaisi kaulahuivin kasvoilleen ja muistutti pankkirosvoa.

Suurin osa kaupungin taloista oli puusta, mutta sekatavarakaupan viereinen pankki oli ollut kaupungin ensimmäinen kivitalo ja kuului edelleen tuohon harvalukuisaan joukkoon. Pankin pitää olla jykevä ja herättää luottamusta, eivät ihmiset muuten rahojaan tänne tuo, oli pankinjohtaja todennut päättäväisesti. Ja vaikka sitä olikin monesti yritetty ryöstää, niin harvoin se oli onnistunut.

Pankin ovi oli yleensä tähän aikaan visusti kiinni, mutta jo ennen kahvan kääntämistä ratsastaja tiesi sen olevan auki. Hän astui pimeään pankkisaliin. Kalteriseinä erotti pankkivirkailijat asiakkaista, jotka liikuttelivat papereitaan ja rahojaan pienistä aukoista asioidessaan virkailijoiden kanssa. Lukitessaan oven virkailijat vangitsivat itsensä päiväksi pieneen tilaan kassakaapin ja rahojen kanssa.

Ratsastaja hämmästyi kurkistaessaan virkailijoiden puolelle; kassakaappia ei ollutkaan räjäytetty, vaan kaappi jökötti tukevasti paikoillaan ovi visusti kiinni. Jos kaupungissa olisi riehunut ryöstäjiä, pankki olisi ollut ensimmäinen kohde.

Ratsastaja työnsi hatun takaraivolleen ja raapi ihmeissään päätään; kaikkialla oli pimeää ja hiljaista ja kaikki olivat kadonneet. Pastori oli joskus puhunut Ison Kirjan kertomasta aikojen lopulla tapahtuvasta ylöstempauksesta; kahdesta jauhajanaisesta, joista toinen otettiin taivaaseen ja toinen jätettiin maan päälle ja samoin kahdesta työmiehestä, joista toinen jäi pellolle, kun toinen otettiin taivaaseen. Mutta että kaikki otettaisiin, sellaisesta pastori ei ollut puhunut. Ei ratsastaja mikään pyhäkoulupoika ollut, mutta että kaikki muut olisivat temmattu ylös ja hän yksin olisi jäänyt alas, kuulosti aika paksulta. Ja että Kit, vanha visukinttu, olisi ollut mukana ylöstempaistujen joukossa, oli sula mahdottomuus.

Mefisto. Ettei vain tuolla juoniaan punovalla pimeyden palvelijalla olisi ollut sormiaan pelissä. Häneltä se olisi voinut luonnistuakin vai olisiko tällainen jopa hänelle liian iso juttu. Vaihtoehtoja pohdiskellen ratsastaja oli huomaamattaan astunut kadulle.

Kaupunki oli totaalisen pimeyden vanki, kuin hupun alle vetäytynyt kuvaa ottava valokuvaaja. Sen päätöksenteon kulmakivi, pormestari oli kadonnut, samoin rahaliikenteen kulmakivi pankkiiri, eikä jäljellä ollut enää kuin oikeuden ja järjestyksen kulmakivi, sheriffi.

Sheriffin kanssa samalla puolella ratsastava, Texasin Ranger, suuntasi tuttua toimistoa kohti. Hän oli Kitin kanssa auttanut sheriffejä luomaan Jackson Willestä kaupunkia, jossa rauha ja järjestys viihtyivät. Rajansa kaikella, nyt kulisseissa vallitsi liiankin syvä rauha.

Astuttuaan sheriffintoimistoon hän huomasi asenaulakossa kaikkien winchesterien olevan paikoillaan. Massiivisella työpöydällä paperit olivat järjestyksessä, sellien avaimet roikkuivat työpöydän viereisellä seinällä naulassa.

Jos olivat pankkivirkailijat sulkeutuneet työpaikalleen vapaaehtoisesti, selliin ei kukaan halunnut. Ken sinne joutui, siellä pysyi, mietti ratsastaja niitä monia rikollisia, joita oli vuosien saatossa saattanut kaltereiden taakse tiilenpäitä lukemaan.

Sellit olivat tyhjiä, mistä olisi voinut muulloin iloita, mutta ei tänään. Hän oli vitsaillut sheriffi Joseph Sternille kaupungin muuttuneen hyväksi, kun sellit ammottaisivat tyhjyyttään. Joseph oli vastannut, että täällä oli hyvä olla sheriffi, sillä tämä oli huono kaupunki. Oliko kaupunki nyt hyvä vai huono, oliko Jackson Willeä ylipäätään enää olemassakaan?

Ratsastajan katse vaelteli hämmentyneenä pimeällä kadulla ja kadunvarren taloissa ja pysähtyi viimein vastapäätä olevaan saluunaan. Paratiisi toisille, keidas ankeuden keskellä, olemisen keskipiste, toisille taas helvetti, synninpesä ja mätäpaise, joka saastutti kaupunkia. Ratsastajalle se oli paikka, jossa pystyi tyydyttämään kyltymätöntä ruokahaluaan hyvällä pihvillä ja perunoilla.

Päättäväisesti hän astui heiluriovista sisään. Poissa oli varovaisuus, joka oli leimannut hänen liikkumistaan. Vanhasta tottumuksesta hän meni baaritiskille ja oli jo huikkaamassa baarimikolle - Whisky, kun huomasi saluunassa

*vallitsevan autiuden. Hän kiersi tiskin taakse ja palveli it-
seään. Kohotettuaan lasin huulilleen ja väkevän juoman
valuessa kurkustaan alas hän oli kuulevinaan hihkaisun:
Play it again, Sam.*

*Sam soitti hymyillen ja hilpeiden alkusointujen tipahdel-
lessa ilmoille lipui paikalle Lola, saluunan kuningatar. Hän
aloitti korvia hivelevän laulunsa, joka oli kuin seireenien
kutsu johdatellen kuulijat haavemaailmaan, kukin
omaansa. Lolan kauneus oli kuin käärmeenlumoajan pilli,
joka viimeisteli lumoamisen, sen mikä ääneltä oli jäänyt
tekemättä.*

*Pelipöydässä pelaajat puristivat kortteja tiukasti kä-
sissään katseiden porautuessa suoraan Lolaan. Lasejaan
huulille vievät kädet pysähtyivät ja niiden jatkeina katseet
kohdistuivat myös Lolaan. Aiemmin valtoimenaan leijail-
lut savukin tuntui pysähtyneen ja muodostaneen paikal-
leen jämähtäneen pilven.*

*Mahonkiseen tiskiin iskeytyvä lasi palautti ratsastajan to-
dellisuuteen; poissa olivat sulosoinnut, naurun remakka
ja hilpeä kortiniskentä. Ratsastaja katseli ympärilleen ja
huomasi tutun tyhjyyden ja pimeyden. Enää yksi tärkeä
rakennus oli tarkistamatta, vanha kunnon Maestro. Hei-
luriovien kautta ratsastajan velvollisuudentuntoiset aske-
leet veivät hotellille, kaikki kivet oli käännettävä ongel-
man ratkaisemiseksi.*

*He yöpyivät Kitin kanssa aina Maestrossa, koska siellä
oli kaupungin puhtaimmat huoneet, luteista vapaat sän-
gyt ja kuuma kylpy. Ase valmiina toisessa kädessä ratsas-
taja käänsi ovenkahvaa ja työnsi oven auki. Kadun pimeys*

yritti epätoivoisesti syrjäyttää hotellin pimeyden, joka itsessään oli kuitenkin niin syvää, että ratsastaja sai pinnistellä tosissaan nähdäkseen eteensä.

Havaittuaan alakerran tyhjäksi ratsastaja lähti kapuamaan yläkertaan. Rappuset narisivat kotoisasti askelten alla. Toisessa tilanteensa asialle olisi voinut jopa hymähtää, mutta nyt pienikin narina muuttui kaiken sisäänsä nielaisevaksi ja korvia riistäväksi meluksi. Ratsastaja harmitteli, ettei ollut riisunut kenkiään ja sipsutellut yläkertaan kuin mikäkin yöjuoksuiltaan kotiutuva sankari.

Käytävän varrella sijaitseville huoneille saavuttuaan ratsastaja pysähtyi. Kuului vain muisto rappusten narinasta. Hän käänsi ensimmäisen huoneen ovenkahvaa ja työnsi oven auki. Huoneessa oli vain sänky, yöpöydän virkaa toimittava tuoli, jolla oli vesikannu astioineen ja peili seinällä.

Toiseen huoneeseen astuttuaan ratsastaja epäili, oliko lainkaan vaihtanut huonetta. Pimeyden kietomat askeettiset huonekalut nököttivät paikoillaan samassa järjestyksessä. Ratsastaja jätti pettyneenä huoneen.

Seuraavassa ovessa roikkuva ja pimeydessä hohtava messinkinen numerolaatta paljasti hänen olevan tutun huoneen edessä. Se oli vakiohuone, jonka he ottivat aina sen ollessa vapaana ja hämmästyttävän usein se olikin ollut.

Ratsastaja tunsi kummaa jännitystä. Koluttuaan kaikki Jackson Willen tärkeät paikat hän tunsi olevansa viimeisellä ovella, jonka takaa ratkaisu löytyisi. Hän tarttui kahvaan ja...

— Artturi, mitä sie oikei täällä pimeessä teet? kysyi äiti ja laittoi valot huoneeseen. – Avaa verhot nii pääsee luonnonvalo sisää.

Äiti katsoi sängynaluslaatikon äärellä polvillaan olevaa poikaansa. Välttääkseen katseen Artturi katsoi nolona Maestron yläkerran käytävän seinään nojaavaa vihreää muovista playmobil-ukkoa, jonka oli laskenut kädestään äidin saapuessa.

- Ai kaupunkii oli jääny viel yks ukkeli, mie en näköjään huomannukkaa kaikkii. Mut eiks tuo oo se yks kaupungin kuuluisimmist hahmoist. Mikäs se nyt onkaan? Onkse Billy the Kid vai mikä?

- Tex Willer.

- Sehä se olikii. Siul on näköjään viel viimeset leikit meneillää.

- En mie mitää ihmellistä, kuha vähä vaa kattelin, puolustautui Artturi hieman häkeltyneenä.

- Sie oot vasta 12, kyllähä sie saat leikkii, totesi äiti ymmärtäväisesti ja pörrötti kädellään Artturin hiuksia. Tämä ei voinut sitä myöntää, että se tuntui hyvältä, vaan heilautti päätään saadakseen äidin käden pois.

- Ei meiän tarvi kaupunkii purkaa, jos sie oisit sittenkii halunnu sen viel pitää, sanoi äiti lempeästi. Artturi ei pystynyt sanomaan mitään, mutta antoi viimein päänpyörityksellään purkutuomion Jackson Willelle.

- Laita tuoho sellaset tarvikkeet joita haluut säilyttää, osoitti äiti pahvilaatikkoa. – Ja sen vieres olevaa roskiksee menevät. Hiekka voijaan imuroija lopuks, mut vie nuo kivet ulos.

Artturi katsoi hetki sitten leikissä olleita jylhiä Kolmen kiven kallioita. Nopeasti hän käänsi päänsä ja nyökkäsi.

- Mie tuon siulle imurin. Ala sie laittaa tavaroita kasaa, sanoi äiti ja kääntyi mennäkseen alakertaan.

Artturin katse vaelsi yli laajan kaupungin ja palasi takaisin Maestroon. Hän piti kädessään kahvipaketista leikattua nimikylttiä.

- Tuleeks tästä nukkekoti vai?
- Ei siintä mitää nukkekotii tuu, vaan hotelli lännenkaupunkii!
- Ahaa, vai niin. Että ihan hotelli ja vielä lännenkaupunkii.

Keskustelu koulun puutyökerhon opettajan kanssa nousi mieleen Artturin tarttuessa hotelliin. Se irtosi helposti liimauksistaan ja niin yläkerran käytävällä ollut Tex Willer kuin huoneiden kalustuksetkin tippuivat alas kadulle. Artturi taittoi rakennelmaa ja sivuseinien liitokset antoivat periksi ja päätyivät roskalaatikon pohjalle.

- Älä näitä heitä menemää. Vaikka siust nyt tuntuu, ettet sie näitä tarvii, joku niitä voi käyttää myöhemmi, sanoi äiti ja siirsi tulitikkutuoleja ja jäätelötikkusänkyjä säilytettävien joukkoon. Ne hautasivat alleen Tex Willerin etsimiä kaupunkilaisia ja Artturi näki vilauksen pormestari Peter Jacksonista, sheriffi Joseph Sternista, kauppias Mick Martinista, saluunan laulajatar Lolasta ja monista muista. Ja tietenkin myös Texin ystävästä Kit Carsonista.

- Siulta on menny niin kaua näien tekemisee, et säälihän näitä ois pois heittää, sanoi äiti ja varmisti vieressä, että tavarat päätyisivät oikeisiin laatikkoihin.

- Joo, mie katon tarkemmi jatkos, vastasi Artturi ja vahvistaakseen sanojaan alkoi purkaa saluunaa, kaupungin ainoaa muovista, oikeaa playmobil-rakennusta. Vihreillä ikkunapokilla ja ovenkarmeilla varustetut keltaiset seinät heilahtivat laatikkoon ruskeiden lattia- ja kattoelementtien seuraksi. Pulloja täynnä olleet hyllyt, baaritiski ja pöydät tuoleineen näyttivät orvoilta lastulevyllä. Yksin nurkassa nököttävä musta legopiano näytti täysin joukkoon kuulumattomalta. Sen ääressä monissa leikeissä istunut ukkeli oli saanut äänensä kasetilta ja usein Pate Mustajärvi olikin laulanut kappaletta Lola.

Saatuaan saluunan rippeet laatikkoon Artturi siirtyi sheriffintoimiston kimppuun. Mitä Brownit eivät olleet onnistuneet rikkomaan veljiensä vapautusyrityksissä, siitä Artturin koura teki hetkessä selvää. Katoton talo julkisivuineen ja sivuseinineen irtosi näppärästi. Yksin jäänyt ja sellit muusta talosta erottanut kalterillinen väliseinä päätyi muiden seinien seuraksi roskalaatikkoon.

Järjestelmällinen Artturi siirtyi seuraavaksi pankin kimppuun. Tottunein käsin kolmisivuinen rakennus irtosi ja vain holvitilan pankkisalista erottava väliseinä jäi paikoilleen. Artturia hymyilytti; väliseinä toi mieleen lentopalloverkon, jonka toisella puolella kassaholvin virkaa hoitava punainen legokaappi odotteli yksinäisenä vastapelaajaa. Leikkimisen ja erityisesti monien ryöstöyritysten jäljet näkyivät; huone oli usein täyttynyt ruudin kärystä pikku papattien tulisuihkun polttaessa reikiä kaapin oveen.

Artturi punnitsi kassakaappia kädessään ja aikansa arvuuteltuaan heitti sen säilytettävien joukkoon. Ovi avautui ja ympäri laatikkoa levisi tiukasti niputettuja vihreitä seteleitä ja Kultapossukerhon leimoin varustettuja osakekirjoja.

Kaupan kuoret päätyivät roskalaatikkoon, kun taas hyllyjen tavarat menivät säilytettäväksi. Vanhanaikainen kassakone tuijotti raskaana Artturia. Sen kyljessä oli aukko lyijykynille ja ennen päätymistään säilömään asiakkaiden seteleitä, se oli vastaanottanut kynien teroitusjätteitä. Pienestä koostaan huolimatta se erottui antiikkisella olemuksellaan ja siirsi ajatukset luontevasti kaupungissa elettyyn vuoteen 1853.

Kassakoneen Artturi laski varovasti laatikkoon, ettei rikkoisi muita esineitä. Kauaa hän ei haikaillut sen perään, vaan suuntasi tarmonsa jo pormestarin asuntoon. Hevospuomilla nökötti Dynamiitti ja kuin viimeisen esteen tieltään raivaten Artturi nosti sen laatikkoon. Seinät irtosivat näppärästi ja lensivät kaaressa roskalaatikkoon ja jättivät huonekalut orpoina ja suojaamattomina kadulle.

Artturi katseli korkeaa vahakankaalla päällystettyä styroksista takkaa. Tulipesä oli vuorattu oikealla betonilla, isän työprojektista saadulla. Pesästä ei lähtenyt hormia, joten siinä pidetyt pienet tulet nuolivat vahakangasta ja styroksia ja käpristivät niiden pintaa kasaan ennen nopeaa tukahtumistaan.

Ruokapöytä, tuolit ja pieni kannellinen kirjoituspöytä päätyivät säilöön. Artturi huokaisi. Koko homma alkoi jo tympäistä eikä hän jaksanut enää keskittyä ja uloskin teki jo mieli.

Arturin katse ja hiipuva mielenkiinto kiinnittyivät Kolmen kiven kallion kiviin, jotka hän nosti yksitellen lattialle. Erilaisina ne muodostivat harmaan kokonaisuuden; ensimmäinen oli niin pyöreä kuin luonnonkivi ylipäätään pystyi olemaan, toinen taas oli toispuolinen; toinen puoli oli pystysuora kuin jylhä muuri ja toinen taas toi mieleen loivan pulkkamäen. Jonkin leikin yhteydessä kallion harmauteen oli ilmestynyt kirkkaan punaisesti leiskuvaa lennokkimaalia verta kuvaamaan.

Kolmas kallion kivistä oli jonkinlainen edellisten väli-muoto. Se oli isoin ja samalla vaikeimmin hahmotetta-vissa. Siinä oli pyöreyttä, pystysuoruutta, kantikkuutta ja juuri tähän moninaisuuteen Artturi oli aikoinaan kiinnit-tänyt huomionsa.

Kalliota vastapäätä oli järvi, jonka rannassa oli intiaa-nileiri. Artturi nosti neliskanttisen peilin varovasti ja apri-koi, olisiko äidillä käyttöä sille. Peilin tyynen liukkaalla pin-nalla kanootit olivat liukuneet todella hyvin. Intiaanileirin jouduttua väistymään valkoisen miehen kanssa Artturi kääntyi kaupungin kuuluisan kyltin puoleen.

Tumman ruskeiksi maalatut vessapaperirullat muo-dostivat metsän puut ja eräässä niistä riippui kaupungin nimikyltti vinossa. Artturi oli korjannut ja suoristanut sitä uudestaan ja uudestaan, mutta aina kyltti oli kammennut itsensä vinoon.

Artturi irrotti puut yksitellen, mutta jätti kyltillisen pai-koillaan ja katseli sitä kuin pyhäinjäännöstä. Kyltin irrot-tamisen jälkeen Jackson Willeä ei enää olisi. Se oli kuin viimeinen oljenkorsi, joka piti kaupungin olemassa.

Artturi muisti, kuinka oli liimannut pahville valkoisen paperin ja johon oli raapustanut nimen kantikkaan pelkis-tetyillä kirjaimilla. Reunoja kiersivät Erikeeperillä uitetut päättömät tulitikut. Hän ei muistanut mistä oli napannut nimen, mutta se oli kuulostanut hyvältä ja uskottavalta lännenkaupungille.

Artturi huokaisi, irrotti kyltin puineen ja heitti ne säi-lytykseen. Alusta oli tyhjä. Kaupungista muistutti ainoas-taan pääkadun kiemurteleva hiekkavana, johon Artturi suuntasi imurin; tasainen ropina täytti huoneen ja pöly-pussin. Jyvä jyvältä paljastui vaaleaa lastulevyä ja hetken päästä hevosten kavioiden ja postivaunujen renkaiden hiekkaan piirtämät jäljet olivat vain kaukainen muisto. Luotuaan viimeisen katseen tyhjään alustaan Artturi työnsi sen sängyn alle.

Artturi laski kivet pihan laidalla olevan pienen lammen rannalle, joka oli täynnä kevätauringon lumikasoista sulattamaa vettä. Ukin hautajaisista sanat - *Maasta sinä olet tullut ja maaksi sinun pitää jälleen tuleman* - nousivat äkkiä mieleen. Hänhän oli palauttamassa maahan sieltä ottamansa ja vaikka kivet elottomia olivatkin, niiden palauttaminen oli jonkun loppu, hautaaminen.

Artturi nosti pyöreän kiven, käänteli ja pyöritti sitä käsissään. Hän muisteli Reijo Ståhlbergin tuimaa katsetta tämän valmistautuessa Kimpisen kentän kuularingissä; kuula leukaa vasten ja työntö. Yleisö oli antanut raikuvat aplodit ja myös Ståhlberg oli intoutunut tuulettamaan työntöään.

Artturi havahtui kiven molskahdukseen, joka pienen vesiryöpyn lisäksi nostatti hänen kätensä ylös. Äkkiä hän kuitenkin laski ne ja katsoi ympärilleen, oliko kukaan nähdyt. Piha oli kuitenkin tyhjä.

Artturin nostaessa toista kiveä hänen silmänsä osuivat punaiseen maaliin. Katseltuaan sitä ja pyöriteltyään kiveä käsissään hän havaitsi sen sopimattomuuden työntämiseen. Hän tarttuikin siihen kahdella kädellä, koukisti polvensa, jännitti kroppansa ja linkosi kiven käsistään. Se lensi korkealle ja äänekkäästi molskahtaen painui pinnan alle.

Artturi otti kolmannen ja painavimman kiven kätensä ja siirtyi aivan lammen reunalle. Hän tiesi, ettei edellisenlaista korkeaa kaarta pystynyt saavuttamaan,

ensimmäisellä työnnetystä pitkästä kaaresta puhumatta-
kaan.

Koukistuneiden polvien suoristuminen oli merkki kä-
sille, jotka linkosivat kiven ilmaan. Kaari ei ollut pitkä eikä
korkea, mutta molskahdus oli kovaäänisin. Väreily ja rin-
kulat rikkoivat hetkeksi vedenpinnan, joka kuitenkin pa-
lautui hetken päästä.

- Artturi, tuu syömää! Täällä on siun lempiruokaa, ma-
karoonilaatikkoo!

Artturi katsoi tyyntä vedenpintaa, kääntyi ja käveli ko-
tiin.

TAKASEINÄ

Henrik

Kärsimättömänä Henrik istui eturivissä muiden ekaluokkalaisten tavoin. Hämärän liikuntasalin ilma väreili jännityksestä. Jo matka oli ollut jännittävä, liittyihän saliin pääsyyn aina jotain erikoista ja oppitunneista poikkeavaa, päivänavaus tai jotain muuta. Henrikin oli vaikea istua paikoillaan ja hän vaihtoikin asentoa tuon tuosta.

Eturivistä oli esteetön näkymä salin edessä olevalle näyttämölle. Henrik kavereineen saisi nauttia etuudestaan vain tämän lukuvuoden, sillä jo ensi syksynä heidät sysättäisiin kuikuilemaan uusien ekaluokkalaisten takaa. Eivät he olisi juurikaan edessään istuvia pidempiä, toisin kuin takana istuvat kuutosluokkalaiset.

Henrik oli monesti katsellut ihmeissään isoja kuutosluokkalaisia. Nytkin vaalea pellavapää kääntyili ja silmät hakivat katseellaan salin takana majailevia koulun vanhimpia. Vaikka pitkissä ja voimakkaissa pojissa oli jotain pelottavaa, Henrikin katseessa oli ihailevia sävyjä hänen kurkotellessaan nähdäkseen edes pienen silmäyksen heistä.

Henrikin takana istuva tyttö pyöritteli silmiään, näytti kieltään ja liikutteli itseään puolelta toiselle ja peitti näkyvyyden. Henrik kävi polvilleen tuolille ja kääntyi kokonaan ja näki viimein. Ja vaikkei hämärässä erottanutkaan yksittäisiä oppilaita, hän tiesi kuutosluokkalaisten olevan takana. Taaempana olivat vielä penkit vanhemmille, joiden päät keikkuivat tumman oppilasmassan yläpuolella. Henrik halusi olla jo iso ja istua takana. Vaikka hän tiesi, että vuosi vuodelta ja penkkirivi penkkiriviltä pääsisi taemmas ja vaikka hänen siskonsa Helena ja veljensä Matti olivat tästä esimerkkejä, hän ei jaksanut odottaa. Isona ja voimakkaana ei tarvitsisi pelätä ketään ja saisi olla rauhassa. Hän ei kyllä käyttäisi voimaansa pienempiään, eikä muitakaan kohtaan, vaikka olikin vähän aikaa sitten naapurin Jonen kanssa kisaillut, kumman isä olisi vahvempi. Vääntö oli ollut tasaväkistä aina siihen asti, kunnes Jone oli ottanut aseista järeimmän käyttöönsä, jonka edessä Henrikin oli taivuttava; armeijassa töissä oleva isä ottaisi kuulemma kaikki armeijan aseet ja jyräisi Henrikin isän.

Henrik vilkaisi sivusilmällä hänelle irvistellyttä tyttöä, joka istui nyt vakavana ja katsoi suoraan eteenpäin. Voittajan hymy haihtui kevyestä kosketuksesta olkapäähän. Kohdatessaan Helvi-opettajan katseen Henrik kääntyi, laski jalkansa lattialle ja istuutui. Vaikka sali pimennettiin lavaa ja siellä ylväänä seisovaa kuusta lukuun ottamatta alkavan joulujuhlan merkiksi, Henrikin ajatukset olivat edelleen salin takana. Kunpa hän olisi iso ja saisi istua takana!

Valtteri

Valtteri havahtui vierustoverin tökätessä häntä kylkeen. Hän kääntyi ärtyneenä ja valmiina kostamaan. Salin etuosaan osoittama sormi sai kuitenkin Valtterin katsomaan ja kun ei hämärässä nähnyt, pyysi kaveriaan näyttämään uudelleen. Näyttämön valot valaisivat ensimmäisen penkkirivin, eikä Valtteri tarkemmin katsoessaan voinut olla huomaamatta. Hän tunnisti paksuissa tummissa silmälaseissa heitä kohti kurottelevan vaaleahiuksisen pojan pikkusiskonsa Tuulin luokkakaveriksi, jonka takia hänen kätensä olivat uupuneet. Rehtori oli kuunnellut hänen selitystään pikkusiskon puolustamisesta, mutta todennut Valtterin ja tämän kavereiden Henrikkiin kohdistamat kostotoimet ylimitoitetuiksi ja määrännyt rangaistukseksi heidät kantamaan penkit alakerran pommisuojasta juhlasaliksi muuntuneeseen liikuntasaliin.

Valtteri oli huomannut rehtorin ja isän puheiden eroavuuden; siinä, missä rehtori oli kuunnellut ja keskustellut hänen kanssaan, isää ei ollut kiinnostanut hänen mielipiteensä eikä minkäänlaiselle keskustelulle ollut sijaa. Isä oli vain todennut, että mies kantaa ylpeästi rangaistuksen toimittuaan oikein ja kunniallisesti. Valtteri tosiaan oli kantanut ja kantaisi lopunkin rangaistuksen juhlan päätyttyä, mutta ennemmin hieman häpeillen kuin ylpeästi. Jos aikuisten maailma olisi tuollainen, ei Valtterilla ollut mitään hinkua astua sinne.

Valtteri vajosi tuolissaan alemmas ja sukelsi ajatuksissaan vieläkin syvemmälle. Kunpa tuo poika ei olisi heitellyt Tuulia lumipalloilla ja kunpa isä ei olisi muistuttanut häntä isoveljen velvollisuudesta. Kunpa olisi vielä pieni ja istuisi huolettomasti tuolla edessä. Tuonkin pojan kanssa voisi leikkiä, ja hehän voisivat olla vaikka kuinka hyvät kaverit.

Valtteri käänsi päänsä kuullessaan yskintää. Yskijä oli hänen kaverinsa Jarkon isä Reijo, joka oli yskinyt niin kauan kuin Valtteri muisti. Reijo oli mukava ja hänellä oli aina aikaa touhuta heidän kanssaan. Katseet kohtasivat, ja Reijo virnisti ystävällisesti. Valtteri hymyili takaisin ja huomasi mielialansa nousseen.

Rehtorin astellessa lavan valokeilaan salin muut valot sammuivat. Pimeyden laskeutuessa Valtterin mieleen laskeutui ajatus: isona hän haluaisi olla kuin Reijo. Isoksi kasvaminen ja taaempiin riveihin siirtyminen ei tuntunutkaan niin kauhealta ajatukselta kuin aiemmin.

Reijo

Reijo selvitteli kurkkuaan. Mahdollisimman vähin äänin ja huomiota herättämättä hän kaivoi taskustaan kurkkukaramellin. Väkevä pastilli helpotti ja taltutti yskän, joka oli ollut Reijon tavaramerkki jo vuosia. Tupakka ei varmaan tehnyt hyvää, saati lääkinnyt, vaikkei kyse mistään tupakkayskästä ollutkaan. Hän oli yskinyt samoin jo ennen kuin oli alkanut polttaa ja vitsailikin kyseessä olevan virkayskän.

Reijo tunnisti viimeisestä oppilasrivistä tutut kasvot ja virnisti poikansa ystävälle. Hän tykkäsi kovasti lapsista ja oli enemmän kotonaan heidän kuin monien aikuisten kanssa. Hän huomasikin taistelevansa kovasti sisäistä vanhenemista vastaan, ulkoisen taistelun hän tunnusti jo hävinneensä karannutta hiusrajaansa ja kasvanutta vatsaansa katsoessaan.

Hän katsahti taakseen vanhasta tottumuksesta kuin varmistaakseen oliko Olli paikallaan, mikä ei tietenkään ollut mitenkään mahdollista; hän oli ollut paikalla, kun tämä oli laskettu haudan lepoon. Sisimmässään hän kuitenkin toivoi, että Olli olisi edelleen vanhalla paikallaan, sillä tuntui jotenkin orvolta, kun takana ei enää seisonut ketään ja takaseinäkin tuntui lähenevän entisestään. Olli oli nojaillut aina mielellään takaseinään, vaikka viimeisillä penkkiriveillä olisi ollut tilaa. Sieltä hän kuulemma hallitsi tilanteen ja pystyi itse päättämään, milloin lähtisi. Kurkunpäänsyöpä ei ollut kysellyt Ollin tahtoa, vei vain mennessään. Jos näin oli käynyt miehelle, joka ei ollut koskaan polttanut, mikä mahtaisi olla hänen, vuosikausia aktiivisesti polttaneen kohtalo.

Kurkkupastillin vaikutuksen heikennyttyä Reijo huomasi taas yskivänsä. Samalla hän hätkähti armottomaan sisäiseen painiin; pystyisikö sisäinen pikkupoika pistämään hanttiin ja jarruttamaan takaseinän lähestymistä? Kunpa olisi nuorempi ja istuisi edempänä, niin kuin tuo Jarkon kaveri tai tuo eturivin pellavapäinen poika.

Valojen sammuessa pimeys nielaisi hämärän. Rehtorin suunnatessa lavalla olevaa mikrofonia kohti ponkaisi Reijo ylös. Kömmittyään kolhimiensa vierustovereiden polvien ohitse käytävälle hän suuntasi päättäväisesti muutamaa riviä edempänä ja keskellä riviä olevaa tyhjää paikkaa kohti. Toistamiseen anteeksipyydellen ja hieman nolona monien katseet niskassaan hän viimein istuutui.

Pimeässä Reijo kuitenkin hymyili teolleen. Hänhän voisi jatkossa ruokkia sisäistä pikkupoikaansa niin hyvin ja otollisilla ulkoisilla olosuhteilla kuin vain mahdollista.

Vaikka hän oli harpannut vain pienen matkan eteenpäin, niin takaseinä oli nyt kauempana; nuoruus hänessä vei voiton vanhemmastaan, pikkupoika keski-ikäisestä miehestä.

KÄYTÄVÄ

Topias kopisteli lumiset kenkänsä eteiseen ja astui käytävään. Kengistä tippuneet pienet luminokareet jättivät sulaessaan jälkensä lattialle, mikä ei ollutkaan mikä tahansa tai missä tahansa; pääoven jatkeena se oli paraatipaikka, punainen matto, jota astellen tulijat ottivat ensi tuntumaa kouluun. *Kiiltävä lattia on näkyvin käyntikortti,* siivoojan lausumat sanat raskaana niskassaan Topias hiippaili naulakolle.

Riisuttuaan ulkovaatteensa Topias katseli ympärillään olevia suljettuja ovia. Naulakon vieressä vasemmalla olevat johtivat liikuntasaliin; leveät kaksoisovet olivat avoinna vain juhlien aikaan tai koko koulun ollessa salissa, kapean oven ollessa käytössä muulloin. Niiden viereisestä ovesta pääsi pitkään ja kapeaan käytävään, jonka varrella olivat terveydenhoitajan vastaanotto ja pukukopit. Ovet olivat samanlaiset, mutta ensimmäistä ei avattu vapaaehtoisesti.

Äärimmäisenä vasemmalla oli ulko-ovi, josta hän hetkeä aiemmin oli tullut sisään. Vastapäätä ulko-ovea laskeutuivat portaat alempaan kerrokseen, jossa myös Topiaksen kotiluokka oli. Luokkakaverit olivat aloittelemassa pikkuhiljaa lukujärjestyksen mukaista normaalia koulupäiväänsä, mutta tänään hän näkisi heidät vain vilaukselta heidän tullessaan syömään.

Portaiden oikealla puolella oli varasto, jonne juostiin salista käytävän poikki hakemaan välineitä liikuntatunnille. Nyt oli hiljaista verrattuna siihen, kun he olivat pomputelleet hakemiaan palloja käytävässä. Heitä eivät olleet rajoittaneet opettajan kiellot eikä ylhäällä seinällä

59

kehyksissä roikkuvien vakavien miesten tuimat katseetkaan.

Topias oli nähnyt televisiossa ulkomaiden päämiesten tarkastavan sotilaista koostuvaa kunniakomppanian yhdessä presidentin kanssa. Osat vaihtuivat Topiaksen tarkastellessa presidenttien rivistöä. Hän tiesi presidentit, mutta vasemmalla olevat kaljupäiset viiksivallut menivät välillä sujuvasti sekaisin.

Kekkonen oli tutuin, olihan Topias pienestä pitäen nähnyt tätä lehdissä ja televisiossa, jopa enemmän kuin toissa vuonna kuollutta ukkiaan. Mieleen olivat painuneet erityisesti kuvat kahden turvamiehen taluttamasta vanhasta miehestä.

Rivin viimeisenä oikealla oleva Koivisto muistutti hieman hänen omaa opettajaansa, koulun rehtoria. Vaikkei tällä samanlaista jakausta ollutkaan kuin presidentillä, yhtä pitkältä ja ryhdikkäältä tämä vaikutti. Ja olihan kumpikin johtaja, Koivisto maan ja opettaja koulun.

Kuvagallerian alapuolella oli kaksi ovea opettajainhuoneeseen, jonka vieressä äärimmäisenä oli talonmiehenasunto, jonne pääsi myös ulkoa. Käytävän päätyseinä oli täynnä ikkunoita ja talonmiehen ovea vastapäätä oli ovi ruokalaan, keittäjän valtakuntaan, jota tämä hallitsi itsevaltiaan tavoin. Topias oli hyvillään, että saisi tänään syödä käytävässä.

Talonmiehenpuoleisen opettajainhuoneen oven vieressä nökötti pulpetti seinään vasten, tuoli sen alle työnnettynä. Ne olivat samanlaiset kuin luokassa, mutta paikka teki niistä erilaiset. Topias veti tuolin esiin ja laittoi reppunsa pulpetin jalassa olevaan koukkuun. Hän vilkaisi seinällä olevaa suurta kelloa, jonka majesteetillisen suuret viisarit lähestyivät armottomasti määränpäätään.

Hän oli jo aikeissa istuutua, kun muisti, että hänen tulisi ilmoittautua opettajainhuoneeseen. Hän olisi koko päivän puhelinpäivystäjänä.

Puhelimen soiminen ei Topiasta pelottanut, heillä oli kotona samanlainen, väriltään valkoinen. Numerovalintakiekon mustaa keskustaa lukuun ottamatta koulun puhelin oli harmaa. Se oli sävy sävyyn käytävän lattialaattojen ja myös Topiaksen mielialan kanssa. Yleensä hän oli tyytyväinen päästessään oppitunneilta pois, mutta päivystäminen meni samaan sarjaan hammaslääkärikäyntien kanssa; mieluummin hän olisi ollut tunneilla. Hän tiesi tehtävänsä. Puhelimen soidessa tuli vastata: *Tyysterniemen ala-aste, puhelinpäivystäjä Topias Lähdenniemi puhelimessa.* Hän oli mielessään toistanut sanat kymmeniä kertoja ja osasi ne. Mitä vastaamisesta seurasi, se saikin Topiaksen sydämen tykyttämään.

Opettajainhuoneen oven takaa avautui käytävän ja samalla koko koulun epämiellyttävin paikka, jolle eivät pärjänneet edes terveydenhoitajan huone tai alapihan poikien vessa. Vaikkei vastaan tullutkaan rokotuspiikkejä eikä kuvottavia hajuja, niin kymmenen kertaa mieluummin Topias olisi ottanut ne vastaan, kuin oven avaavan tunnussanan *Sisään.*

Opettajainhuoneeseen verrattuna koulun muissa tiloissa opettajat ja oppilaat viettivät rinnakkaistodellisuuksiaan suhteellisen sulassa sovussa. Käytävä oli kuin sota-alueella rintamalinjojen välissä oleva ei kenenkään maa, jota pitkin kävellessään sai hetken huokaista puolueettomana; ei tarvinnut suunnata askeliaan aikuisten tai pienten lasten joukkoon. Se oli kuin kahden maailman välitila ja toisaalta se hämmensi.

Kuudesluokkalaisina he olivat koulun vanhimpia ja isoimpia, Topias yksi luokkansa ja samalla koulun pisimmistä oppilaista. Muutama luokan tyttö, Mari etunenässä, oli edellisenä kesänä ottanut valtaisan kasvupyrähdyksen, jonka seurauksena Topias oli uudenlaisen tilanteen edessä; ensimmäistä kertaa hän joutui katsomaan vertaisiaan ylöspäin. Opettajia hän oli tottunut katsomaan niin ja katsoisi todennäköisesti alakoulun loppuun asti.

Ylöspäin katsominen ei tehnyt sisälle menosta ikävää, vaan se, että opettajainhuone oli opettajien ja ennen kaikkea aikuisten aluetta, jonka edessä Topias seisoi vieraalla kynnyksellä. Vaikka aikuisten maailma tuli sentti sentiltä lähemmäksi ja kiinnostavammaksi, opettajainhuone tuntui olevan siitä irrallisena saarekkeena kuin vankila Monopoli-pelissä; kukaan ei halunnut sinne ja jos sinne joutuikin, niin toivoi pääsevänsä nopeasti pois.

Hän olisi voinut valita lähimmän, käytävälle avautuvan opettajainhuoneen oven, koputtaa ja syöksyä suin päin leijonanluolaan. Tällöin koko huone olisi ollut avoimena hänelle ja hän kuin tyhjälle estradille kesken kaiken tupsahtanut pelle imien kaikkien katseet itseensä.

Presidentti Kyösti Kallion viikset olivat kuin sarjakuvasankari Viiksi-Vallun ja alas suuntautuneena ne olivat kuin kyltit, jotka osoittivat käytävän ainoaa avonaista ovea. Se johti pieneen eteiseen, jossa opettajien vessojen ja naulakoiden lisäksi oli muutamia tuoleja ja monta ovea. Kyltit kertoivat mitä ovien takana oli: kanslia, rehtori, opettajainhuone ja kopiohuone.

Opettajainhuoneen avonainen ovi säästi Topiaksen koputukselta. Silmäillessään kynnykseltä ympäriinsä hän huomasi opettajien kasailevan papereitaan, juovan aamukahvejaan ja juttelevan leppoisasti keskenään. Pähkäillessään miten kiinnittäisi huomion itseensä, liikunnanopettaja katsahti ovelle, nousi ja tuli Topiaksen luo. Opettaja antoi hänelle päivystysvihon ja varmisti tehtävän selvyyden. Topias nyökkäsi ja ennätti turvaan juuri ennen kuin opettajat yksi toisensa jälkeen riensivät luokkiinsa. Topiaksen opettaja huikkasi tehtävät ennen alakäytävän uumeniin haihtumistaan. Silmiensä edessä Topias näki luokkakavereidensa kurkkivan nurkan takaa z-kirjaimen muotoisessa käytävässä lähestyvää opettajaa ja viestittävän toisille tämän tulosta.

Topias tarkkaili pulpettinsa takaa hiljentynyttä käytävää. Hiljaisuus herkisti aisteja ja pienen äänenkin kuultuaan Topias yritti paikallistaa sitä. Mutta vaikka hän kuinka käänteli päätään, äänen lähdettä ei ollut helppo selvittää.

Topias kaivoi vastahakoisesti oppikirjan esiin, sillä hän ei ollut matematiikassa erityisen hyvä. Äiti muistutti aina tarkkuudesta ja huolellisuudesta, ja yleensä Topias pärjäsikin hyvin vaikeammissa tehtävissä, kun taas kompasteli helpoissa perustehtävissä; ratkaisut kun eivät Topiaksen mielestä voineet olla niin yksinkertaisia.

Aikansa tehtäviä tehtyään Topias kyllästyi ja laittoi kirjan reppuunsa. Tunti oli vasta puolessa ja puhelin oli ollut hiljaa ja Topias toivoi sen olevan jatkossakin. Täysin. Koko päivän. Topias havahtui tuijotelleensa sitä ja toistaneensa *älä soi puhelin* -tyylistä mantraa mielessään ja yrittäneensä vaivuttaa sen mykkyyden tilaan. Hän oli myös ajatellut etäisyydellään pystyvänsä vaikuttamaan puhelimeen: mitä kauempana puhelimesta olisi, sen todennäköisemmin se ei soisi.

Topias huomasi seisovansa käytävän päässä. Hän ei ollut ensimmäistä kertaa lasivitriinin edessä, sillä hän ohitti sen monesti päivässä. Se oli osa käytävää eikä siihen kiinnittänyt erityistä huomioita. Pelkkä huonekalu se ei kuitenkaan ollut.

Ensimmäisestä kohtaamisesta alkaen Topias oli lumoutunut eläimistä, vaikkei hän mikään erityinen eläinten ystävä kotona olevista kissasta, akvaariosta ja undulaateista huolimatta ollutkaan. Täytettyinä eläimet olivat kuitenkin erilaisia; ne eivät olleet arvaamattomia, niiden seuraavaa liikettä ei tarvinnut pelätä ja niitä pääsi todella lähelle, vain ohuen lasin päähän. Pienempänä lasiin olikin jäänyt rasvainen jälki Topiaksen painaessa kasvonsa aivan siihen kiinni.

Hyllyillä oli pääasiassa erikokoisia lintuja, jotka olivat kiinnitetty puupaloihin tai jalustastaan nouseviin oksiin. Jokaista lintua Topias ei tunnistanut, mutta suurimman osan muista eläimistä kylläkin. Alahyllyllä lintujen piirittäminä ne imivät tukea toistensa läheisyydestä.

Mäyrää ei kiiltävän kirkkaanharmaan turkkinsa puolesta harmaasta massasta erottanut, mutta naamasta kylläkin ja siitä Topias olikin sen oppinut tuntemaan; valkeassa päässä kuonosta silmien ja korvien kautta niskaan kulkevat mustat juovat toivat mieleen TPS:n logon.

Jos oli mäyrä näyttävästi etualalla, jökötti jänis allapäin kuin olemassaoloaan anteeksipyydellen takaseinään nojaten. Sen korvat viestivät alistumisesta ja ne sojottivat alaspäin kuin presidentti Kallion viikset. Sen turkki ei ollut enää ruskea eikä vielä valkoinen, vaan jotain siltä väliltä. Topiaksen mielestä valkoinen oli kuitenkin hallitsevampi väri, vaikka ruskea ei ollutkaan luovuttanut täysin otettaan.

Orava kökötti oksalla korvat terhakkaasti pystyssä, selkä kaarella ja häntä pörröllä. Sen käpälistä pilkottavat terävät kynnet olivat uppoutuneet tiukasti käpyyn ja pitivät sitä otteessaan. Sen pää oli laskeutunut kävyn yläpuolelle ja Topiaksesta näytti kuin sen talttamaiset etuhampaat olisivat iskeytymässä siihen.

Tunnistamiensa vieressä oli tutun näköisiä eläimiä, mutta vaikka Topias kuinka pinnisti saadakseen niiden nimet mieleensä, päässä löi tyhjää. Hän ajatteli tarkistavansa ne biologian kirjasta, kun puhelin pirahti soimaan. Vaikka ääni oli kotipuhelimesta tuttu, tuntui se jotenkin vieraalta, käytävään kuulumattomalta, eikä sitä heti osannut yhdistää puhelimeen.

Ripein askelin Topias riensi pulpetilleen. Hän istuutui ja hengitti muutaman kerran syvään. Viedessään kättään luurille hän toivoi soittajan saaneensa tarpeekseen ja laskeneen luurinsa. Aivan kuin olisi kuullut Topiaksen toiveen ja vain ärsyttääkseen jatkoi puheluaan.

- Lähdenniemellä.

Vasta lankoja pitkin kantautuva hiljaisuus paljasti virheen. Noiden sekuntien aikana Topias ehti miettiä miten korjaisi tilanteen. Soittaja ei ollut ainoastaan sitkeä, vaan toipui nopeasti hämmennyksestään.

- Haloo, onko Tyysterniemen koululla?

Topias nyökkäsi nolona ja vasta hetken päästä ymmärsi vastata. Soittajan kysyessä erästä opettajaa Topias katsahti kelloa. Puoli yhdeksän. Kerrottuaan opettajan olevan vielä tunnilla ja kirjoitettuaan soittopyynnön paperille Topias laittoi luurin paikoilleen.

Kämmen oli hionnut ja korva kuumennut, mitä kotona ei tapahtunut, vaikka puhelut kavereille ja juttuluuriin kestivätkin yleensä huomattavasti kauemmin. Juttuluuriin soittaminen oli toki jännittävää, sillä koskaan ei tiennyt keitä langoilla oli ja mistä puhuttaisiin, mutta puheluita ei kuitenkaan koskaan jännittänyt, saati puristanut luuria rystyset valkoisina.

Kellon pirinä täytti käytävän. Topias ryhdistäytyi. Kuin koetellakseen häntä puhelin pirahti soimaan. Topias hypähti penkillään ja tarttui luuriin. Hän rohkaistui vastattuaan oikein ja suuntasi Kallion viiksien viitoittaman avoimen oven sijasta Kekkosen ja Koiviston kuvien alla olevalle ovelle ja koputti.

- Sisään.

Topias hämmästyi, kuinka ylimalkaisesti ja hieman innottomasti opettajat kääntyivät katsomaan häntä; osa nosti katseensa lehdestään, kirjastaan tai mihin ikinä olivat uppoutuneetkaan ja kuultuaan, ettei heitä kutsuttu, palasivat touhuihinsa.

Vanhempi naisopettaja, jolle puhelu oli, nousi sohvalta ja lähestyi ovea. Äkkiä Topiaksen näkökentän peitti suuri pöllö ja hän loikkasi nopeasti käytävälle välttyäkseen jäämästä sen ja karmien väliin puristuksiin. Pöllön lyllerrettyä käytävälle Topias sulki hämillään oven ja räpytteli ovenpielessä silmiään kuin ensimmäistä kertaa yövartiossa oleva sotilas.

Pöllön ojentaessa siipensä opettajan käsi tarttui luuriin ja entistä hämmästyneempänä Topias pähkäili paikkaansa; käytävä oli yhtä suurta puhelinkoppia, eikä Topias voinut välttää kiusausta kuunnella keskustelua presidenttien kuvia näennäisen kiinnostuneena katsellessaan. Vaikka opettaja oli kääntänyt leveän selkänsä suojamuurikseen, keskustelu ei sisältänyt suurempia salaisuuksia.

Puhelun loputtua Topias istuutui paikoilleen. Vilkaistuaan kelloa hän huomasi ison viisarin kivunneen miltei huipulle ja pian kellon pirinä toisi käytävälle hetkeksi eloa ennen sen vaipumista taas oppituntien aikaiseen apatiaan. Alkavan tunnin jälkeen käynnistyvien ruokailuiden sarja täyttäisi käytävän taas elämällä. Pulpetin ohi pyyhältäisi jatkuvalla syötöllä nälkäisiä oppilaita, jotka vatsansa täytettyään pyyhältäisivät vastakkaiseen suuntaan täyttämään leikkimisen, liikkumisen ja pelailemisen tarpeensa välitunnille.

Topias huokasi syvään. Tunti takana ja viisi edessä. Vaikka yleensä hän tarttui mihin tahansa oljenkorteen päästäkseen pois tunnilta, nyt ajatukset riensivät tulevalle tunnille. Toki hän olisi mieluusti ollut edeltävällä välitunnillakin mukana touhuamassa kavereiden kanssa, mutta tulevan äidinkielen tunnin haikailu tuntui hämmentävältä.

Topias säikähti opettajan lehahtaessa paikalle kuin kotka haaskalle tehtäviä kertomaan ja seurasi helpottuneena tämän ryhdikkään selän loittonemista ja häviämistä tunnille.

Ääni alkoi etäisen vaimeana, mutta läheni ja koveni pikkuhiljaa. Topias nosti päänsä ja höristi korviaan. Hän kohdisti äänet liikuntasalin viereisiin pukukoppeihin, joista epämääräinen kolina, kahina, puheensorina ja paikoitellen muut äänet alleen jättävät kiljahdukset kuuluivat. Äänet täsmäsivät; liikuntatunti oli alkamassa.

Kuin vahvistukseksi Topiaksen aavistuksille salin ovi rävähti auki kuin ravistetun limsapullon korkki ja oppilaat syöksyivät käytävään kuin pullosta ulos pyrkivä neste. Ja niin kuin Topiaksen huoneen katto oli pysäyttänyt Coca Colan, välinevaraston ovi pysäytti oppilaat. Opettaja suori tiensä kihisevän lauman läpi ja luki madonluvut. Jono suoristui ja hiljeni. Opettaja avasi oven ja ruokki koripalloilla ojennettuja käsiä kuin lintuemo poikasiaan. Topiasta huvitti pienten oppilaiden innokkuus, kun he eivät huomanneet testata pallon pomppivuutta käytävässä, vaan ryntäsivät suoraan saliin.

Viimeisten oppilaiden pyyhällettyä saliin opettaja kutsui Topiaksen varastolle. Liikunnanopettaja, joka aiemmin aamulla oli ojentanut päivystysvihon, ojensi nyt pumpun ja varmisti pumppauksen sujuvuuden. Myöntävän vastauksen saatuaan opettaja häipyi tunnille ja jätti Topiaksen yksin.

Varaston ummehtunut ja vanhoille tavaroille ominainen leyhähdys iski vasten kasvoja ja tuttuudestaan huolimatta tuntui aiempaa raskaammalta. Haju lepäsi pienessä huoneessa kuin vanha painava viltti piintyneenä jokaiseen tavaraan ja rakenteeseen. Uutuuttaan tuoksuvat kumipallot toivat oman mausteensa hajusoppaan.

Topias päätti pumpata pallot kynnyksellä pystyäkseen hengittämään käytävän raikasta ilmaa. Hän polvistui pallo polviensa välissä ja alkoi pumpata. Pumpattuaan joitain palloja Topiaksesta tuntui kuin joku tuijottaisi häntä. Hän nosti katseensa ja totesi käytävän tyhjäksi ja oli entistä hämmentyneempi. Jatkaessaan pumppaamista hän tunsi katseen seuraavan tarkasti jokaista liikettään. Topias laski pumpun lattialle.

Monet tummat silmät tuijottivat vitriinistä maagisen kutsuvasti ja vetivät Topiasta magneetin lailla puoleensa. Aiemmin hän oli keskittynyt edessä oleviin eläimiin ja vaikka olikin nähnyt taaempana olevat linnut, runsauden pulan keskellä ne olivat hukkuneet harmaaseen massaan. Topiaksen katse kulki linnusta lintuun ja silmästä silmään. Silmät olivat erilaiset kuin presidenttien, jotka katselivat ylhäältä ja ylempiarvoisuudestaan huolimatta Topiasta vertaisenaan. Elottomina, tummien sileäpintaisten pyöreiden nappien kaltaisina nämä tuntuivat imevän katseen itseensä irti päästämättä. Vaativina ja itsekkäinä ne pienensivät Topiaksen, vaikka hän kokonsa puolesta oli silmien kannattimina olevia lintuja monta kertaa isompi. Ja vaikka silmät olivat vain pikkurillin pään kokoisia, tuntui kuin muu osa eläimestä olisi hävinnyt ja vitriinissä olisi pelkkiä silmiä.

Salin ovi lävähti auki ja lapset ryntäsivät käytävään. Vitriinin edestä Topias katsoi kiljuvien lasten heittelevän pallot varastoon ja rientävän pukukoppiin. Liikunnanopettaja kurkkasi ovenraosta terävällä haukankatseellaan, mutta todettuaan Topiakselle vain, että tämä laittaisi varaston ojennukseen ja sulkisi oven perässään, häipyi pukukoppien uumeniin.

Ajantajunsa menettäneenä ja uskaltamatta katsoa taakseen Topias lähti hämmentyneenä varastoa kohti. Pumpatut ja lasten heittämät pallot olivat sikin sokin lattialla. Topias nosteli ne hyllyille ja painoi oven perässään kiinni. Presidenttien myötätuntoiset katseet saattelivat Topiaksen paikoilleen. Hän huokasi helpotuksesta, ettei erottanut kaukaa vitriinin harmaudesta lintuja, saati niiden tuijottavia silmiä.

Hetken viiveellä kellojen soimisesta Topiaksen ohi ryntäsi lauma oppilaita kuin nälkäisiä sonneja laitumelle. Topias ei nähnyt ruokalaan, mutta kuuli äänet: keittäjän kauhan kolahtelun ruokakulhoa vasten, lasten astioiden asettelun pöydälle, tuolien nostamisen lattialle, ruokailuvälineiden kolinan lautasia vasten ja oppilaiden puheensorinan.

Topias söi päivystyspaikallaan ruokailuiden välissä ja odotti oman luokkansa saapumista. Luokkakavereiden viimein vyöryessä meluten käytävään Topias oli iloinen heidät nähdessään. Kavereiden ohittaessa hänet moikaten ja juttujaan huudelleen hän oli aistivinaan heidän tunteensa; osanottavuutta niiden kasvoilta, jotka olivat jo oman vuoronsa istuneet ja helpottuneisuutta niiden, joiden vuoro ei ollut tänään.

Topias laskeskeli, että viimeisen ruokailun ja sen jälkeisen ruokalapalveluksen jälkeen hänellä olisi enää kaksi tuntia päivystämistä. Luokkakaverit olivat pelotelleet takapuolen puutuvan istumisesta ja jalkojen alituisesta opettajainhuoneessa ramppaamisesta. Tänään oli ilmeisesti poikkeuksellinen päivä, sillä puhelin oli soinut todella vähän. Toisaalta Topias olisi toivonut ensimmäisistä puheluista selviydyttyään, että puheluita olisi tullut enemmän. Nyt hän säpsähti jokaista käytävän hiljaisuutta rikkovaa pirahdusta. Onneksi pitkät ruokavälitunnit olivat muodostaneet poikkeuksen ja puheluita oli tullut enemmän.

Suoriuduttuaan ruokalapalveluksesta Topias istuutui alas. Hän alkoi väsyttää. Silmäluomet taistelivat sulkeutumista ja niskalihakset pään nuokahtamista vastaan, kunnes viimein joutuivat antamaan periksi. Topias säpsähti hereille pään retkahdukseen ja silmien auki rävähtämiseen.

Hän kallisteli päätään puolelta toiselle, välillä sitä pyöritellen. Niskaa hieroen hän yritti saada olonsa virkeämmäksi. Topias läväytti silmänsä suuriksi ja yritti pitää niitä auki mahdollisimman pitkään, kunnes muistutti television mainospöllöä. Kaikista yrityksistään huolimatta väsymys vei voiton ja Topias nukahti pää taaksepäin retkahtaen.

- Voi voi. Että piti vielä tämäkin nähdä: nukkuva suomalainen vartiomies. Ei olisi tullut kysymykseenkään talvisodan aikaan Kannaksella. Jokainen sotilas tiesi tehtävänsä, eikä silloin nukuttu vartiossa, päivitteli suikkapäinen Mannerheim päätään pyöritellen.

- Se oli silloin se, Marski. Ajat muuttuu, ajat muuttuu. Nyt suomalainen poika voi vaikka nukahtaa vartioon, eikä siitä seuraa mitään. Meillä on niin hyvät välit naapurien kanssa, ettei meillä ole mitään hätää. Kuka meitä uhkaisi, meillähän on YYA-sopimus ja kaikki. Olemme luoneet niin vankan Paasikivi-Kekkosen linjan ja se pitää. Vai mitä Juho-Kusti? sanoi Kekkonen päättäväisesti ja kääntyi oikealla puolellaan olevan Paasikiven puoleen.

- Totta turiset Urkki, nyökytteli Paasikivi vakuuttavasti Kekkoselle.

- Mutta pitäisikö poika kuitenkin herättää. Vaikkei uhka tulekaan idästä vihollisen toimesta, poika voi joutua vaikeuksiin. Ja sehän ei olisi hyvä asia ja olisi vastoin hyvinvointivaltion ajatusta, puuttui Koivisto keskusteluun.

- Tuo nyt on taas tuollaista sosialidemokraattista puhetta, tuhahti Kekkonen ja hakien vahvistusta puheilleen kääntyi taas Paasikiven puoleen. - Vai mitä Juho-Kusti?

- *Totta turiset, Urkki. Mutta pitäisikö poikaa kuitenkin auttaa, olihan noissa Manun puheissa ajatusta*, sanoi Paasikivi sovittelevaan sävyyn.

- *Te siviilit ette ymmärrä mistään mitään. Sotilaiden verellä on tämäkin koulu rakennettu*, ärähti Mannerheim.

- *Ei tämä nyt ihan niin vanha koulu ole. Tuon Kekkosen aikakaudella tämä on rakennettu*, sanoi Koivisto ja sai puheellaan Kekkosen nyökyttelemään.

- *Niin itse rakennus, mutta perustus laskettiin itsenäisyyden säilyttyä. Ja sen saivat aikaan suomalaiset sotilaat*, sanoi Mannerheim painokkaasti ja sai kehykset tärisemään.

- *Te olette ulkopuolisia eläen ja pölyttyen menneisyydessä. Me olemme Kekkosen kanssa ainoat, jotka elämme tässä ajassa ja minä olen meistä se, jolla on valtaa. Huomaattehan, vasemmalla puolellani ei ole ketään, vaikka monet sinne haikailevatkin. Joten, tasavallan presidenttinä ja puolustusvoimien ylipäällikkönä määrään, että autamme poikaa. Ja teemme sen perinteisellä tavalla.*

Koiviston ehdoton määrätietoisuus sai hiljaisuuden laskeutumaan riviin. Muut ymmärsivät hänen olevan tosissaan.

- *Ei. Eikö olisi mitään muuta vaihtoehtoa? Se ei ole kovinkaan miellyttävää*, anoi Kallio alistuneesti.

- *Kyösti, ryhtyessäsi kasvattamaan tuollaisia pensseleitä, olisi pitänyt miettiä, etteivät ne ole kovinkaan käytännölliset*, Koivisto totesi.

- *Pensseleitä?*

- *Poika tarkoittaa viiksiä*, selvensi Kekkonen kuiskaten Kalliolle Paasikiven nyökytellessä taustalla.

- Mutta nämähän ovat niin miehekkäät ja linjakkaat. Aivan toista maata kuin Ukko-Pekalla tuossa vieressä, totesi Kallio ja nyökäytti päätään oikealle Svinhufvudin puoleen.

- Tsot tsot poika, eipäs käydä isottelemaan, heräsi Svinhufvud puolustamaan itseään.

- Näillä viiksillä on varaa, sanoi Kallio itsevarmasti.

- Nyt pulinat pois ja valmiina, sanoi Koivisto napakasti.

- Mutta kun viikset menevät nenään ja kutittavat valtavasti, yritti Kallio vielä.

- Kolmannella keuhkot täyteen, määräsi Koivisto. - Yksi kaksi kolme. Hyvä, pitäkää hetki.

Silmät laajentuneina ja posket pullistuneina kahdeksan miestä pidätteli ilmaa. He kääntyivät Koiviston puoleen pulloposkineen ja odottivat seuraavaa käskyä.

- Ja nyt kolmannella puhaltakaa. Yksi, kaksi, kolme.

Topias heräsi aivastukseensa. Hän otti hyppysellisen pulpetin pinnalla lepäävää hienoa harmaata pölyä etusormelleen ja peukaloaan vasten hieroi sen pieniksi hiukkasiksi. Hän katsoi ylös ja kohtasi totisina eteenpäin katsovat presidentit. Kelloa vilkaistuaan ja huomattuaan toiseksi viimeistä tuntia olevan enää hetki jäljellä hän puhalsi hiukkaset lattialle.

Topias nousi ja ryhtyi nostelemaan jalkojaan ylös ja toi ne vauhdilla lattiaan venytelläkseen puutuneita jäseniään. Hän suipisti avonaista suutaan, vei jännittyneen kielenkärjen ylähampaidensa sisäpinnalle ja työnsi kielen irti hampaista. Däp. Däp. Däp. Hän ojensi molemmat kätensä eteen ja laittoi keskisormien ja peukaloiden päät

73

yhteen. Hän työnsi sormiaan vastakkaisiin suuntiin ja sai aikaan napsauksia.

Topias palasi paikalleen kellojen soidessa. Hän oli kuullut, että joillain ihmisillä oli kyky vaikuttaa esineisiin ja asioihin tahdonvoimalla. Hän keskitti kaiken tarmonsa kellon mustiin viisareihin ja tuijotti niitä tiukasti; edetkää vinhasti ja päättäkää istumiseni. Mutta mitä enemmän hän tuijotti, sen hitaammin kello tuntui käyvän. Aivan kuin viisarit hidastelisivat tahallaan ja ilkkuisivat vasten Topiaksen kasvoja.

Edellisellä tunnilla vallinnut uneliaisuus palasi takaisin. Nyt Topias ei taistellut vastaan, vaan antoi periksi ja painoi päänsä pulpetilla lepäävien käsiensä päälle.

- Huomaatteko, se nukkuu taas. Luulee varmaan, ettei me täältä kaukaa mitään nähdä. Mutta se on väärä luulo. Näytimmehän me jo aiemmin, mikä voima katseessa on. Minunkin näköni on mitä ilmiömäisin, kuulosta nyt puhumattakaan, ylvästeli pöllö vitriinistä ja pyöräytti päätään miltei kokonaisen kierroksen kuin taitojaan esitellen.

- No no Maija-Liisa, äläpäs nyt liikoja innostu. Ettei vaan niskat menisi jumiin kuin tuolla tavalla päätäsi pyörittelet, toppuutteli kotka ylähyllyltä. — Onhan tämä rankka päivä nuorukaiselle.

- Minun pääni ei mene hetkessä pyörälle eivätkä niskani jumiin. Minut on luotu tarkkailemaan ja sitä myös teen, vastasi pöllö alahyllyltä kotkalle. — Minusta tuntuu Raimo, että sinä puolustelet Topiasta, oppilastasi. Tällainen päivystyspäivä tekee nuorelle miehenalulle vaan hyvää. Vai mitä, Marjatta?

74

Alahyllyn toisessa päässä pitkänokkainen kuovi kuunteli pöllön ja kotkan keskustelua. Katsahtaessaan kumpaisenkin puoleen, se kohtasi odottavat katseet. Sillä ei ollut minkäänlaista halua ryhtyä tuomariksi.

- Minusta tuntuu Maija-Liisa, että Raimo on oikeassa. Onhan tuollainen istuminen ja vahtiminen rankkaa.

- Taas sinä puolustat Raimoa, koska hän on lauman johtaja, sanoi pöllö närkästyneenä. – Kyllä meidän naaraiden tulisi pitää yhtä.

- Miksei se olisi nuorelle pojalle rankkaa, onhan se meillekin? puolustautui kuovi ja väisti pöllön syytöksen.

- Rankkaa? Niinkö sinä tämän koet? hämmästeli pöllö.

Valpas ja teräväkatseinen haukka puuttui keskusteluun.

- Rankkaa, mutta samalla hyvin antoisaa ja mielenkiintoista, näin sen itse koen, sanoi haukka ja kääntyi pitkää nokkaansa nyökyttävän kuoviin puoleen. - Työssä on aina monta puolta. Mutta sen verran olen tarkkaillut tätä nuorukaista, että monenlaisia hommia hän on tänään tehnyt. Ja eihän se mikään ihme ole, että väsyttää, kun ei ole päässyt lainkaan liikkumaan.

- Simo, sinä se pidät hyvällä tavalla omaa ainettasi esillä, kehui kotka haukka.

- Kiitos, Raimo.

- Kutsumuksesta täällä ollaan eikä siinä silloin mietitä rankkuutta. Meidän tehtävämme, joka pitää vaan hoitaa, on opettaa näitä lapsukaisia, sanoi pöllö napakasti ja kuin sanojensa vakuudeksi pyöritti suuria silmiään.

- Tehtävämme on juuri tuo, minkä mainitsit, Maija-Liisa, ja sen me hoidamme hyvin. Mutta tarkoituksemme ei ole uupua työmme ääreen. Miten tehtäviemme käy, jos emme pysty niitä enää hoitamaan? Kuka ne sitten hoitaa? kotka sanoi ja tuima katse kiersi vuorotellen jokaisessa. – Kaikkia meitä tarvitaan ja sen vuoksi minun laumanjohtajana tulee kantaa vastuu teistä jokaisesta. Niinpä ehdotan, että jatkossa kiistelemisen sijaan laulamme samaa säveltä. Ja teemme sen konkreettisesti.

Toiset kääntyivät katsomaan uljasta kotkaa. Ne tiesivät sen olevan tosissaan nokkansa avatessaan, sillä yleensä se ei laulellut. Sen ääntely ei kuulostanut minkään nuoren uroon tai naaraan piipitykseltä, vaan kypsältä vihellykseltä. Hieman valittavan klyyh-äänen katkaisi välillä kilahtava kjak-ääni.

Haukka katsahti pöllöön ja kuoviin kuin hakien varmistusta aloitukselleen. Se nosti päänsä ylväästi pystyyn, röyhisti rintansa ja liittyi nalkuttavalla huutosarjallaan kotkan ääntelyyn. Se uppoutui tilanteeseen tunteella, sulki silmänsä ja päästeli välillä ilmoille naukuvia ääniä.

Kuovi kuunteli urosten duettoa ja katsoi ympärilleen pitkin pitkän nokkansa vartta. Se kääntyi pöllön puoleen, joka pyöritteli päätään suuret silmät apposen avoinna. Kuin ulkoistaen oman sisäisen paininsa, kuovi aloitti voimakkaan kimeällä varoitusäänellä kikiki kikiki. Selätettyään vihollisensa ja huomattuaan äänensä liittyneen harmonisesti kokonaisuuteen se vapautui ja vapautti äänensä viestimään täydestä sydämestään kuikuikui, kuikui, vaara on ohi.

Pöllö kuunteli vierestä toisten ääntelyä. Pää kääntyili sinne tänne sen miettiessä kuumeisesti. Vaikka olikin joistakin asioista eri mieltä toisten kanssa, se tiesi pysyvänsä äänellään mukana yhteisössä, jossa sillä olisi paikkansa ja sitä kuunneltaisiin. Vaikenemalla taas se eristäisi itsensä ja joutuisi huhuilemaan yksin hiljaisuudessa.

Pöllö avasi nokkansa ja liitti äänensä kuoroon huhuilemalla uhuu uhuu.

- Säikähitkö?

Topias säpsähti hereille. Kesti hetken käsittää, että pöllö oli muiden lintujen joukossa vitriinissä, kun taas luokkakaveri Mika virnuili pulpetin vieressä. Hän huhuili uudestaan ja nauroi leveästi päälle. Hieman nolona Topias tönäisi Mikaa eikä voinut olla yhtymättä tämän hyväntahtoiseen nauruun.

Topias katsoi hajamielisesti Mikan ojentamaa läksylappua ja nyökkäsi tämän kysymykseen kotimatkan yhdessä kulkemisesta. Hän vilkaisi kelloa. Miltei kaksi. Mika huikkasi rappusista odottavansa alapihalla.

Topias ryhtyi valmistelemaan päivystyspaikan jättämistä. Hän työnsi tuolin pulpetin alle ja silmäili päivystysvihkoa. Hetken joutuisi vielä odottamaan, sillä kellojen soitto ei ollut vielä täyttänyt opettajainhuonetta.

Topias mietti, millaista käytävässä oli silloin kun koulua ei ollut. Painostavaa varmaan, olihan hän saanut pientä esimakua tuntien aikana, kun hiljaisuuden kavereiksi oli lyöttäytynyt yhdeksän seinällä roikkuvaa vakavailmeistä miestä sekä vitriinillinen tuimasti tuijottavia eläimiä. Topiaksen puolesta presidentit saisivat rauhassa pölyttyä seinällä ja vitriininlasi ei enää hänen sormenjälkiään keräisi, hän katselisi jo muualle. Opettaja oli puhunut, että kevään aikana he menisivät tutustumaan yläkouluun mitä Topias odottikin jo kovasti.

Kellon soitua Topias kaappasi repun selkäänsä, nappasi vihon pöydältä ja säntäsi Kallion alta eteiseen. Hän halusi päästä mahdollisimman nopeasti eroon tehtävästään. Ensimmäisen opettajan ilmestyttyä eteiseen Topias ojensi tälle vihon. Tämän tartuttua siihen Topias näki edessään kuovin pitkine nokkineen ja jalkoineen. Nokan jatkeena olevat silmät katsoivat Topiaksen silmien räpyttelyä ja pään pyörittelyä. Katseiden kohdatessa Topias selitti talvisen sisäilman kuivattavan silmät. Kuovi nyökytteli epäilevästi päätään ja lehahti lentoon. Topias seurasi sitä suuriksi rävähtäneillä silmillään. Opettaja kysyi entistä hämmästyneempänä, oliko kaikki hyvin. Topias nyökytteli.

Opettajan laskettua Topiaksen tämä ampaisi naulakolle, kaappasi ulkovaatteensa kainaloon ja puki ne lennossa päälleen. Vasten kasvoja iskevä pakkasilma virvoitti ja nipisteli poskipäitä Topiaksen astuttua eteisestä ulos. Hän sulki silmänsä ja hengitti syvään. Vasta kylmän ilman luikerrellessa avonaisen takin ja solmimattomien kenkien kautta iholle Topias havahtui. Hän solmi nauhat ja veti vetoketjun kiinni.

Topias pinkaisi yläpihan poikki ja laskeutui kentälle johtavaa rinnettä alas. Topiaksen nähdessään Mika tuli tämän luokse. Yhdessä he liukastelivat jäädytetyn kentän poikki, kiipesivät kenttää reunustavien lumivallien yli kentän vierustaa kulkevalle kävelytielle ja suuntasivat kotia kohti.

LEHMÄNPOTKUN KOULU

Huhtikuu 2016

- Isi, mitä sä oikein teet? kysyi tyttäreni Maria ja nosti auton lattialle äkkipysähdyksessä lentäneet kuulokkeensa.

- Miks sä jarrutit?

Maria oli hämmästynyt, kun peruutin ja katsoin tiukasti tulosuuntaan. Pysäytin auton, hyppäsin ulos ja katselin luonnottoman laakeaa ja tyhjää kaupunkitonttia. Se oli kauttaaltaan vihreiden lehtipuiden piirittämä lukuun ottamatta yhtä reunaa, josta ohutrunkoisten koivujen välistä pilkisti pieni kaistale sinistä Saimaata. Lievästi kumpuilevassa hiekkaisessa ja soraisessa maastossa näkyi työkoneiden renkaanjälkiä, jotka muistuttivat muokatusta todellisuudesta.

Huomaamattani Maria oli tullut viereeni. Katsellessani ja hämmästellessäni tontin tyhjyyttä hän katsoi outoa ilmettäni, pään pyörittelyäni ja levitettyjä käsiäni.

- Täältä, täältä minä olen tullut. Täällä olivat juureni ja nyt ne ovat repäisty irti.

Kääntyessäni Marian puoleen hän katsoi minua entistä hämmästyneempänä. Vakuututtuaan, että olin tosissani, hän katsoi ympärilleen ja totesi:

- Isi. Ei täällä ollut sun lapsuudenkotia, ei mamma asu täällä. Se asuu kauempana ja se talo on yhä olemassa.

Katsoin tytärtäni hieman säälivällä - *ethän sinä voi ymmärtää, kun olet vielä niin pieni* -katseella, mitä olin itse lapsuudessani inhonnut.

- En minä tarkoita lapsuudenkotia, vaan koulua, sivistyksenkehtoa, missä minua liekutettiin kuusi vuotta.

79

Opettajat hoivasivat minua, ruokkivat loputonta tiedon-janoani ja valmistivat tulevaan elämään. Ne olivat äärim-mäisen tärkeitä vuosia, ilman niitä minä en olisi minä. Maria katsoi minua suurilla silmillään ja nyökkäili hi-taasti. Hänen ilmeensä paljasti, etten ollut ilmaissut it-seäni ymmärrettävästi.

- Minun kouluni, ovat purkaneet minun kouluni, ala-asteeni. Minne minä nyt menen muistelemaan kouluai-koja?

- Muistelemaan? Kuka niitä muistelee? Niillä oli var-maan joku syy purkamiseen, ei ne sitä huvikseen teh-neet. Siellä oli varmaan hometta tai sisäilmaongelmia. Tuo on ihan normaalia. Munkin koululla...

- Hometta? Sisäilmaongelmia? Koulu valmistui 1971, silloin osattiin vielä rakentaa, ei ollut ongelmia. Ja sen li-säksi, nyt ei olla Vantaalla, vaan Lappeenrannassa. Ja sitä paitsi, pappa oli rakentamassa sitä.

- Oliko pappa rakentamassa sitä?

Nyökkäsin. Ensimmäistä kertaa tontille tulomme jäl-keen tyttäreni äänessä oli intoa. Tunsin ylpeyttä isäni saavutuksista ja sivusilmällä huomasin Marian katsovan tonttia uusin silmin, mikä siivitti minut jatkamaan.

- Etkö sinä ollut mukana silloin muutama vuosi sitten kun kävimme täällä?

- En, se oli Helmi. Ja kyllä siitä onkin saanut kuulla.

Hymähdin muistellessani käyntiämme ja mistä se sai alkunsa.

- Isi, mikä on pyhiinvaellus?

Laskin lehden. Annoin sanan viipyillä suussani ja mutustelin sitä mielessäni. Käännyin sohvan vieressä seisovan Helmi tyttäreni puoleen.

- Pyhiinvaellus on eräänlainen vaellus tai kävely jollekin pyhälle paikalle. Miksi sinä sitä kysyt?

- Se on ussan aihe ja liittyy yhteen tehtävään, sanoi Helmi heilutellen uskonnonkirjaa. - Mut mikä tekee sitten jostain paikasta pyhän?

- Se on henkilökohtainen asia. Paikka, joka on tärkeä ja jollain tavalla merkityksellinen, on pyhä.

Helmi puhalsi kysymyksellään ilmaa muistojeni siipien alle ja liidätti minut Jerusalemin Itkumuurilta aina Sortavalaan runonlausuja Shemeikan patsaalle. Lämpimien muistojen herättämässä hyvänolontunteessa kysyin, haluaisiko hän itse pyhiinvaellukselle.

Helmi innostui ja niin aloimme suunnitella pyhiinvaellusta vanhalle, uljaalle valkotiiliselle koululleni. Matkamme täytti pyhiinvaelluksen mitat niin kuin minäkin kaikki perinteisen pyhiinvaeltajan mitat; olin herkällä mielellä, hieman liikuttunut ja hyvin tohkeissani. Nostalgisuutta lisäsi se, että rapistumaan päästettyä rakennusta uhkasi purkaminen, joten saattoi olla, että käynti jäisi viimeisekseni.

Niin lähdimme keväiselle viikonloppumatkalle äitini luokse Mammalaan, kuten lapseni kutsuivat lapsuudenkotiani. Tuttua kuutostietä ajellessamme vapautin muistoni; se lähti tallaamaan vanhaa koulutietäni, jota oli ollut pakko kulkea, vaihtoehtoja kun ei ollut. Kouluunmenoa oli yrittänyt vältellä viimeiseen asti ja niin askeleet kotiinpäin olivatkin taittuneet huomattavasti nopeammin.

Lähestyessämme Mammalaa ohitimme kouluni, jonka loistonpäivät olivat takanapäin. Siitä oli jo aikaa, kun koulunpiha oli täyttynyt välituntisin iloisista ja leikkivistä lapsista, mutta siitä huolimatta autonikkunasta autioituneen ja rappioituneen koulun näkeminen kouraisi sisimmästä.

Äitini pakollisen tervetuloruokailun jälkeen valmistauduimme koululle lähtöön. Pikaisen lähikaupassa käyntini jälkeen tuttu matka tuntui rinnakkain taitettuna lyhemmältä kuin vuosia sitten. Pienenä matka oli kestänyt ja kestänyt, kaikenlaista kun oli ehtinyt tapahtua matkalla.

Kun katsoin sivusilmällä tytärtäni, näin hänessä ihastukseni, luokkakaverini Tuulin. Tunnerepussani ei ollut ollut keinoja kertoa sitä, joten olin yrittänyt vakuuttaa ihastumiseni aitoutta heittelemällä häntä lumipalloilla. Nuo pallot olisivat saaneet jäädä heittämättä, sillä ne lykkäsivät liikkeelle Tuulin isoveljen muotoisen lumipallon, joka tasaisin väliajoin oli jyrännyt minut alleen välitunneilla.

Olin juuri kysymäisilläni Helmiltä, kiusasivatko hänen luokkansa pojat tyttöjä, kun saavuimme koulunalueelle. Silmäni säteilivät katsellessani muistojen värittämää kenttää, jota esittelin levitetyin käsin Helmille kuin suurempaakin areenaa.

- Tämä on koripallokenttä.

Helmi mittaili katseellaan halkeillutta asfalttia ja ruostuneita koritelineitä ja totesi nuivasti:

- Oli. Isi, tämä *oli* koripallokenttä.

Annoin sarkastisen kommentin mennä nopeasti ohi ja ajattelin, ettei hän voinut nuoruudestaan käsin ymmärtää menneisyyden preesensiä; se on läsnä tässä ja nyt. Niin todentuntuisia ja miltei käsin kosketeltavia olivat ne monet täällä pelatut pistekisat. Miten koulunpiha vetikään magneetin lailla puoleensa koulun jälkeen?

Siirryin kentänlaidalle, jossa jyrkänteen reunan yli traktorit työnsivät talvella lumia. Kurkistin alas ja näin menneen talven lumia. Huomatessani tyttäreni viereläni innostuin jatkamaan.

- Välitunnin aikana ehti hyppäämään monesti, kömpimään ylös ja hyppäämään uudestaan. Aina välillä kaivoimme pehmeästä lumesta kenkiä, pipoja, hanskoja ja kerran pipon jatkeena jopa erään Saminkin.

Huomasin, että kaikki elämänsä talvet vähäisen lumen ja loskan keskellä Etelä-Suomessa viettäneelle tyttärelleni teetti vaikeuksia hahmottaa kertomaani. Hän katsahti minuun epäuskoisesti, sitten uudelleen reunan yli ja kohautti olkapäitään.

Jos oli koripallokenttä nähnyt parhaat päivänsä, niin vain vilkkaalla mielikuvituksella sen jatkeena olevalla alueella näki urheilukentän. Vaikka se muistuttikin pikemmin joutomaata, ei kenenkään maata, niin minun edessäni se avautui mahdollisuuksien pelikenttänä. Se oli tarjonnut mahdollisuuden monenlaiseen touhuamiseen; lumettomat ajat menivät jalkapallon ja pesäpallon merkeissä ja talvet taas jääpallon ja kaukalopallon välimuotoa pelaten. Olin juuri muistoissani keskellä eräästä 3-3 päättynyttä talvista peliä, jossa olin ollut isossa roolissa, kun Helmi huusi minua kentän koulunpuoleisesta päädystä.

Hölkätessäni hänen luokseen näin koulurakennuksen kuolleesta kulmasta, viime vuodet olin ohittanut sen pikaisesti autolla vain sivuprofiilin nähden. Rinteen jatkeena eteeni avautuva rakennus kutisti minut jälleen pieneksi koululaiseksi. Suljin silmäni. Kuulin kiljuvat lapset, tunsin hälinän ja tönimisen ja juoksun nostattaman pölyn kurkussani kellon soittaessa välitunnin päättymisen merkiksi. Yskiessäni muistoni kurkusta huomasin Helmin nousseen koulun alapihalle. Kiertelimme pihalla ja kerroin tyttärelleni, mitä kaikkea olimme siellä touhuilleet. Kerroin eräästä hieman omaperäisestä leikistämme ja hän nyrpisti kysyvästi nenäänsä ja ihmetteli, emmekö olleet tienneet, ettei ruualla saanut leikkiä. Erään talven juoksimme välitunnit läpeensä posket kuumasta ja yhteisöllisyydestä punoittaen pieniä ruokalasta pihistämiämme porkkanapaloja potkien. Pelimme sääntöjä muistellessamme nousi mieleeni vain, että välitunnit kuluivat nopeasti ja meillä oli kivaa.

Esittelin tyttärelleni ulkovessat kuin mikäkin opas ja lisäsin puolustellen, että ovien ikkunat olivat olleet kouluaikanani ehjät. Sitä en kertonut, että ylä-asteikäisenä olin kopioinut koulunavaimen liputuksia hoitavalta luokkakaveriltani. Tuntui kutkuttavan jännältä luikahtaa talvisina perjantai lauantai-iltoina virtsanhajuiseen vessaan lämmittelemään. Kiinnijäämisen pelko kävi kuitenkin ylitsepääsemättömäksi, joten heitin avaimen kaupungin satama-altaaseen.

- Isi, mennään eteenpäin.

Harpoin tyttäreni perässä kaksien pienten portaiden kautta yläpihalle, välituntien keskukseen. Seisoessamme keskellä pihaa tuntui kuin olisimme astuneet pienestä ahtaasta kellarinkopista vapauteen, avaraan maailmaan. Kiertävä katseeni herätti minussa monia muistoja.

- Meillä oli joskus tuntejakin täällä. Tähän kannettiin korkeushyppypatja telineineen ja silloin pihasta tuli stadionimme.

Piirsin kädelläni asfaltin yläpuolelle patjan paikan kuin jonkin suuremmankin nähtävyyden. Ja osoittaakseni tyttärelleni, että osattiin sitä ennenkin, saksasin olemattoman riman yli. Helmin naseva kommentti vahvisti selässäni tuntuvaa vihlovaa kipua:

- Ai, me mennään aina urheilemaan oikealle yleisurheilukentälle.

Noteeraamatta kommenttia siirryin nopeasti pihakatoksen alle, jossa pidimme sadetta ja suksiamme.

- Muistatko takapihalla olevan puujakkaran, jossa on sellainen punottu istuinosa?

- Ai sen, mikä pistelee epämiellyttävästi, jos siihen erehtyy istumaan?

- Ei se mitään pistele. Tein sen koulussa ja se viimeisteltiin juuri tässä kohdassa. Meillä oli kaasupullo, josta lähti letku ja jonka suutinosaan sytytimme tulen. Rungon pinta poltettiin laikukkaaksi ja kaiken tämän teimme keskenämme, ilman opettajaa.

Helmi katsoi minua epäuskoisena. Tuntuihan se varmaan nykylapsesta hieman oudolta, ettei opettaja seissyt vieressä tai peräti tehnyt töitä puolestasi, mutta me olimmekin omatoimisempia ja itsenäisempiä kuin moni uskoisikaan. Tuosta tyytyväisyydestä käsin olin kysymässä, saiko nykyisin teknisentyön luokassa edes koskea laitteisiin, kun huomasin tyttäreni siirtyneen pihan korkeimmalle kohdalle.

Harpoin hänen luokseen ja olkani yli näkyi osittain kenttä. Helmiä eivät takana avautuvat näkymät kuitenkaan kiinnostaneet, vaan edessä oleva avoin ovi. Vaikka rakennuksen rikkoutuneista ikkunoista pystyi kurkkimaan sisään, huomasin että vasta aukinainen ovi herätti hänen uteliaisuutensa.

Tempasin oven kokonaan auki. Helmin kauhistunut ilme purkautui ilmoille pelokkaana kysymyksenä:

- Mitä jos joku näkee? Mitäs jos poliisit tulee?

- Me emme ole ensimmäiset ihmiset täällä. Ei poliiseja kiinnosta, jos me käymme purkutalossa.

Hämmästyin, sillä viimein sanoin ääneen pelkoni. Siitä rohkaistuneena ojensin tyttärelleni käteni, johon hän tarttuikin.

Astuimme pukukoppiin. Sieltä oli irrotettu kaikki mahdollinen, jäljellä olivat vain tummentuneet, ennen niin valkoiset seinät. Pitkulaisen käytävän kautta siirryimme liikuntasaliin ja mieleeni tulvahtaneet monet muistot peittivät alleen pistävän ja meitä seuranneen piintyneen hienhajun. Kentän laidalle tupsahtivat lentopallopeliä tuomitsemaan silmälasipäinen Simo opettajamme ja oppilaan lyömä pallo, joka rikkoi opettajan lasit.

Koripallokorit ja kentänpintaan maalatut oranssit, ajan haalistamat viivat paljastivat salin alkuperäisen käyttötarkoituksen. Nyt keskellä oli nuorison rakentama skeittiramppi, jonka materiaalit oli revitty mistä oli irti saatu. Seinissä ja lattioissa oli graffiteja, joista osassa huomasi orastavaa taiteellisuutta perinteisistä alatyylin kirosanoista poiketen. Helmin kasvoilta paistoi inho, kun hän väisteli lattialle kasaantunutta roskaa ja lasinsiruja. Hänen ilmeensä muuttui, kun hän huomasi katosta roikkuvia voimisteluköysiä ja niihin tehtyjä hirttosilmukoita.

86

Ohjasin meidät viereiseen ruokalaan kiinnittääkseni hänen huomionsa muualle.

Jos en olisi tiennyt ruokalan sijaintia, en olisi mistään voinut sitä päätellä. Se muistutti enemmänkin kaupunkisodan taistelutannerta; auki repsottavissa lasittomissa ikkunoissa roikkui rikkoutuneita sälekaihtimia, lattialla lojui sulassa epäjärjestyksessä lasinsiruja, roskia ja kaikenlaisia rakennustarvikkeita. Seinät olivat karvalakkimallisten graffitien peitossa ja ruokalan ja salin välinen mustunut paljeovi oli poltettu. Turvauduin muistiini esitellessäni paikkaa tyttärelleni.

- Emäntämme oli tomera nainen ja tämä oli hänen valtakuntansa. Erään kerran hän hermostuksissaan löi metallisen kulhon reunaan muovikauhan sellaisella voimalla, että se rikkoutui.

- Meidän keittäjä kyttää, että ruokaa otetaan oikea määrä. Voitko uskoa, että viime viikolla se seisoi vieressä kyyläämässä, että jokainen laittaisi varmasti kasvispihvin hampparisämpylän väliin.

Sain kimmokkeen Helmin puheista ja kerroin erään opettajan huikean akrobaattisesta tempusta, kun hän kaatui lattialle. Kädessä ollut lautanen tippui lattialle, mutta toisessa kädessä ollut muki pysyi pystyssä eikä sen sisällöstä läikkynyt mitään maahan. Herrasmiesmäisesti rehtorimme riensi nostamaan opettajaa, jolloin tämän kädessä olleen maitomukin sisältö kaatui rehtorin päälle.

Siirryttyämme hämärälle käytävälle esittelin paikkoja: näytin opettajainhuoneen, presidenttien kuvien jättämät vaaleat läikät seinässä, puhelinpäivystäjän ja lasivitriinin paikat.

- Oliko ne olleet oikeita eläimiä?

87

Hymähdin mielessäni Helmin kauhistuneelle kysymykselle, kunnes muistin ajan missä elimme. Täytettyjä eläimiä ei nähnyt nykyään muualla kuin museoissa. Jatkoimme rappusten kautta alakäytävälle hämärän liukuessa pimeydeksi. Tunsin kasvaneen jännityksen Helmin puristaessa tiukemmin kättäni. Tasapainoisella, turvallisuutta huokuvalla äänelläni jatkoin esittelyä kuin mikäkin turistiopas. Kerroin puutyöluokasta ja väestönsuojasta, josta me pojat kannoimme penkkejä saliin ja takaisin juhlia varten. Matkalla ohitsemme vilahteli luokkia, toiseen kerrokseen vievät rappuset, sisävessoja ja varastoja.

Pimeään käytävään heijastui oviaukollinen ohutta valoa. Pysähdyin ja arkailin, sillä kyse oli monivuotisesta kotiluokastamme. Astuin varovasti Helmi kannoillani luokkaan. Se ei toistanut ainoastaan muun rakennuksen autiutta ja tyhjyyttä, vaan myös graffiteja, repsottavia kattolamppuja ja rikkoutuneita sälekaihtimia. Kouluun jollain tavalla vielä viittaavat asiat olivat vastakkaisilta seiniltä toisiaan tuijottavat liitutaulu ja ilmoitustaulu.

Katseeni kiersi luokkaa ja vain vaivoin sain liikutukseltani sanottua:

- Miltei kaikki tunnit pidettiin täällä, joten olen viettänyt elämästäni pitkän ajan tässä luokassa.

- Meilläkin on oma luokka, missä on miltei kaikki tunnit.

Olin aistivinani Helmin äänessä hieman vähättelyä, joten kaivelin muistini sopukoita. Eräs tunti nousi mieleeni ja kerroin siitä.

- Äidinkielessä meillä oli näytelmä, ja jokaisella rivillä oli oma roolihahmonsa. Vuorotellen jokainen luki vuorosanansa ja näytteli myös ne.

Menin luokan edessä olevalle matalalle korokkeelle kuten vuosia sitten. Muistin, että olin keplotellut vuoroani eteenpäin miettimättä lainkaan näytelmän etenemistä ja sen loppua. Lopussa tapahtui jotain, mutta en muistanut mitä.

Seisoessani korokkeella Helmin odottavan katseen alla, muistin äkkiä miksen ollut muistanut; olin halunnut aktiivisesti unohtaa. Pala palalta kuin valmistuva palapeli, muistini lokeroista tihkui muistoja. Nolous, joka oli aikoinaan nostanut punan poskilleni, kun seisoin prinssinä prinsessaa vastapäätä, nousi taas pintaan. Ja niin kuin tuolloin olin halunnut paeta tukalaa, suukkoa vaatinutta tilannetta, niin tein nytkin ja survoin muiston takaisin.

Muistini kiikutti eteeni uuden, miellyttävämmän muiston vihoviimeiseltä koulupäivältä. Todistusten, kukkien ja muistamisien jälkeisen vapautuneen hälinän keskellä tuijotin jännittyneenä opettajaa. Hän avasi meidän poikien kuorta ja luki kirjoittamaamme runoa, jonka itse olin kirjoittanut puhtaaksi kirjoituskoneellani.

- *Lertsalla on auto Visa, se on aivan risa.*
- Mikä tuo oli?

Hätkähdin ja avasin silmäni. Huomasin olevani kaksistaan Helmin kanssa tyhjässä luokassa. Laskin käteni alas ja palasin runonlausunta-asennosta perusasentooni.

- Siis mikä?
- Tuo, kun sä puhuit jostain Visa-autosta.
- Parkkipaikka.

Nappasin tytärtäni kädestä ja retuutin häntä pitkin pimeitä käytäviä. Päästyämme pihalle suuntasimme puuskuttaen pukukoppien ohi kohti parkkipaikkaa, jossa myös opettajamme valkoinen Citroën Visa oli ollut aikoinaan parkkeerattuna. Parkkipaikan reunalla oli koulumme tunnus, lehmäpatsas, identiteettimme perusta; olimme *Lehmänpotkun koulusta*. Patsas oli ollut suurin syy tänne tuloomme, sillä halusin osoittaa tyttärelleni konkreettisesti mitä pyhiinvaellus on. Vuosia patsas oli kulkenut sisimmässäni ja halusin nähdä sen vielä kerran.

Hämmästyin, kun saavuimme parkkipaikalle. Tarkistin uudestaan, että olimme varmasti oikeassa paikassa, mutta patsasta ei näkynyt.

- Missä se on?
- Mikä?
- Patsas.

Hahmottelin Helmille patsaan ilmaan ja ryntäsin etsimään sitä. Tyttäreni jäi paikoilleen ja palatessani katsoi minua kysyvästi. Huomasin jälkiä, joten kyykistyin ja sivelin käsilläni maata; poissiirretyn patsaan jäljet eivät olleet painuneet ainoastaan asfalttiin, vaan myös sisimpääni. Otin hatun päästäni ja painoin pääni.

- Isi, nouse ylös. Joku mies katsoo. Vähän noloo, sanoi Helmi ja kiskoi minua takinliepeestä.

- Eipä ois Louhisto vainaa arvannu, et häne veistämääsä patsasta tullaa iha kumartamaa.

Vanha mies nojasi aitaan ja mittaili meitä katseellaan. Nousin hieman hämilläni. Putsailin vaatteitani ja pyyhin kyyneleitä silmäkulmistani. Helmi käänsi nolona päänsä ja minä puristin tiukasti kukkia kädessäni.

– Tähä vois bisnestä ruveta tekemää, tääl ja Voisalmen koulul.

- Voisalmen koululla? Miksi siellä?
- Sielhä se patsas nykyää on.

- Voisalmen koululla! Onko patsas siellä? Sehän on...
sehän on pyhäinhäväistystä, eihän niin voi tehdä! Pat-
saan ainoa sijoituspaikka on täällä, Tyysterniemessä, oli
täällä koulua tai ei!

Mies lähti köpöttelemään keppiinsä nojaten, pyöritteli
päätään ja höpötti jostain ihmeen Jerusalem- syndroo-
masta. Hänestä ja Helmistä välittämättä päätin tehdä
sen, mitä olin tullut tänne tekemään. Laskin liikutuksesta
rutistuneen kukkakimpun patsaan ääriviivoille ja kaivoin
rypistyneen lapun taskustani ja luin sen. Tein muutamia
lisäyksiä, rykäisin ja aloitin. Helmi katsoi minua silmät
suurina.

"Parahin lehmäpatsas. Mikä lienee virallinen nimesi,
mutta sinä annoit meille nimen ja identiteetin liittämällä
itsesi meihin ja meidät itseesi: me olimme Lehmänpotkun
koulu.

Jökötit paikoillasi peltilehmien vieressä, etusorkat tiu-
kasti jyhkeällä alustalla, takasorkat ylhäällä valmiina pot-
kaisemaan. Näytit kuin olisit saamaisillasi henkeä liikku-
mattomaan ruhoosi, olisit potkaisemaisillasi karsinasi
rikki ja kirmaamaisillasi vapauteen. Olit ikuistettu asen-
toon, toiveikkaaseen hetkeen juuri ennen vapautta; vielä
tässä, kohta vapaana. Sovit hyvin joukkoomme, vapau-
teen kaipaava nuori vasikka. Olemassaolollasi muistutit
meitä joskus koittavista vapauden laitumista, joiden aika
ei kuitenkaan ollut vielä. Itse vapauduit menettääksesi
vapautesi uudestaan toiseen karsinaan päätyessäsi.

Pidit pitkään pintasi. Ympäriltäsi hävisi ensin kaksi
kauppaa, sitten kioski ja viimeisenä koulu, mutta sinä sin-

nittelit. Eikä sinua sittenkään teuraaksi viety, vaikka siirtosi vieraaseen karsinaan siltä tuntuukin. Elät ikuisesti sisimmässäni, tällä paikalla."

Huhtikuu 2016

Huomasin, että Maria katsoi minua todella tarkasti ja mietti. Uteliaisuuteni heräsi. Tunnistin itseäni, joten annoin hänen koota ajatuksiaan rauhassa häiritsemättä häntä.

- Isi, mennään.

Marian napakkaa käskyä seurasi tiukka, suoraan silmiin porautuva katse. Olin ihmeissäni ja hämmennys muodosti kasvoilleni, *Minne* – ilmeen. Hänellä oli mielessään jotain muuta kuin Mammalaan meno. Antamatta minulle mahdollisuutta kysyä, hän jatkoi.

- Etkös sä käynyt siellä kukkakaupassa?
- Kävin. Ostin sieltä Mammalle kukan. Sellaisen perinteisen, joka...

Ehtimättäni kertoa kukasta enempää, Maria kaappasi minut käsipuoleen ja kuljetti autolle. Hän avasi kuskinoven ja päättäväisesti auttoi minut istumaan. Ennen kuin olin toipunut hölmistyksestäni, Maria nappasi ostamani kukat takapenkiltä, istui viereeni ja käski topakasti:

- Aja.
- Minne?

En meinannut tunnistaa kukkia kädessään heiluttelevaa nuorta tyttärekseni, niin itsevarmasti hän sanoi:

- Jos sä viimeksi Helmin kanssa laskit kämäset marketista ostetut tulppaanit patsaan ääriviivoille, niin eikö nyt olisi aika laskea kunnon kukat patsaalle ja osoittaa sille kuuluvaa kunnioitusta. Jos sä olet sanojesi mittainen mies, niin nyt sulla olisi hyvä paikka osoittaa se. Oletko sä Lehmänpotkun koulusta vai et?

Kyyneleet tulvivat silmiini ja hukuttivat mennessään sanat suustani. Katsoin tytärtäni ylpeästi kyyneleiden läpi ja hymyilin. Pyyhin kämmensyrjällä silmäni ja käynnistin auton.

PERINTÖ

Tapani tarpoi talvisessa maisemassa hankien keskellä. Valopylväät saattelivat häntä pimeässä talvi-illassa luonnottoman kelmeällä kirkkaudellaan. Hengitys höyrysi, kun Tapani istuutui kylmälle puupenkille kentän laidalle lumikinosten keskelle.

Tapani hymyili ja imi katseellaan tyttärensä intoa ja riemua; talven ensimmäiset liut saattelivat tätä pitkin jäätä. Hän kaivoi laukusta omat luistimensa, jotka eivät olleetkaan mitkä tahansa markettiluistimet. Sinä aikana, kun ne olivat Tapanilla olleet, hän ei ollut kohdannut samanlaisia kellään ja tuskin kohtaisi tälläkään kertaa.

Samaan aikaan laukusta nousevien luistimien kanssa nousi mieleen tapahtuma vuosien takaa. Ollessaan lapsuudenkotinsa viereisellä urheilukentällä luistelemassa jääpalloilijat olivat piirittäneet Tapanin. He katsoivat luistimia ihaillen ja olisivat halunneet ostaa ne. Puhaltaessaan pölyt luistimista Tapani tunsi ylpeyttä pystyttyään tuolloin sanomaan:

"Nämä eivät ole kaupan".

Eivät olleet silloin, eivätkä ole nytkään, tuumasi Tapani päättäväisesti. Nämä ovat isäni, enkä minä ole mikään Esau.

Luistimet olivat vanhanajan Jofa 139 -putkiterät ilman mitään nykyaikaisia lisävarusteita tai mukavuuksia. Mustaan kenkäosaan oli painettu isoilla valkoisilla kirjaimilla JOFA kahteen kohtaan: ulkosyrjän takaosaan ja nilkasta nousevan varren yläosaan. Viimeksi mainitussa kohdassa logo oli taitavasti suunniteltu pienten J ja O kirjainten seisoessa tukevasti ison J kirjaimen koukun päällä. Pienet F ja A olivat edellisten jatkeena ilman jalustaa nojaten toisella puolella pieneen O kirjaimeen ja toisella puolella ison J kirjaimen pitkään viivaan.

Aika oli tehnyt tehtävänsä ja kenkäosaan oli vuosien varrella tullut vaaleita kulumajälkiä, jotka eivät olleet poistaneet luistinten hohtoa; päinvastoin ne olivat kuin arvomerkkejä ansioituneen rintapielessä osoituksena aktiivisesta palveluksesta. Muutenkaan luistimet eivät olleet enää aivan alkuperäisasussaan. Nauhat olivat vaihdettu monesti, nykyiset keltaiset toistakymmentä vuotta sitten. Pohjalliset olivat myös uudet, vanhojen läpi tunkeuduttua kenkäosan pohjaan kiinnitetyn terän niitit.

Tapanin katse seurasi kenkäosassa vaeltavia sormia, jotka rituaalinomaisesti liikkuivat joka kerta samoja reittejä ennen luistinten jalkaan laittoa. Se oli kuin alkuruoka ennen pääruokaa; herätteli ruokahalua sitä kuitenkaan tyydyttämättä.

Tapani löysäsi nauhat ja ajan löystyttämät luistimet muljahtivat jalkaan. Hän kiristi nauhat alhaalta alkaen ja ylös päästyään, vanhasta tottumuksesta, kiepautti muutaman kierroksen nilkan ympäri. Viimeistely tapahtui lapsena opitulla kahdella hiirenkorvalenkillä. Toistettuaan saman toisella luistimella ja katsottuaan tyytyväisenä lopputulosta hän oli valmiina kentälle.

Tapani otti jo askeleen ensimmäistä potkua varten, kun huomasi teräsuojien olevan paikoillaan. Vain vaivoin hän sai tasapainonsa takaisin ja pääsi kaatumatta kentän reunalle.

Irrottaessaan puisia teräsuojia Tapanin katse pysähtyi tasaisen vakailla tikkukirjaimilla tekstattuun isän nimeen. Muistot kuljettivat kentälle, jossa he olivat usein olleet luistelemassa, isä hänen ikäisenään ja hän tyttärensä ikäisenä. Hän oli halunnut näyttää osaamistaan voimakkaammalleen ja isommalleen ja siksi isän voittaminen pelissä oli iso asia. Mieleenkään ei ollut tullut ajatus, etteikö isä pelaisi tosissaan, sillä hän pelasi.

Lapsena isän luistimet olivat olleet vain luistimet, mutta nyt Tapani havahtui; isä oli luistellut niillä hänen kanssaan, niin kuin hän nyt tyttärensä kanssa.

- Isi, tuu jo!

Tytön huuto katkaisi muistelot kuin äkillinen sairauskohtaus elämänlangan. Tapani heitti teräsuojat hankeen, harppasi isolla loikalla kentälle ja liukui pitkillä potkuilla eteenpäin. Talvinen pakkasilma nipisti kasvoja, mutta riemultaan ja laajoilta liikeradoiltaan hän tuskin huomasi sitä, niin kuin ei huomannut muita kentällä oleviakaan, jotka vain vaivoin onnistui väistämään. Vauhdin hurmassa unohtui kaikki muu.

- Isi, luistele mun kaa!

Tytär seisoi orpona keskellä kenttää ja katsoi anovasti ympäriinsä sooloilevaan isäänsä. Tapani luisteli tämän viereen. He jatkoivat käsi kädessä, pujottelivat lumimönttejä, ja välillä Tapani luisteli takaperin ja piti tyttöä käsistä kiinni. Seistessään kylki kyljessä hän kertoi lapsuutensa *Ei väistetä* – leikistä.

- Oikealla oleva laittoi oikean kätensä mahalleen ja ojensi sitten vasemman kätensä kaverin mahalle, Tapani näytti ja tarttui tyttärensä vasempaan käteen. -Toinen toimi peilikuvana ja käsien ollessa käsissä lähdettiin liikkeelle ja toisteltiin: ei väistetä, ei väistetä. Kun sitten eteen tuli kuviteltu tai oikea luistelija, yhteisestä sopimuksesta käännähdettiin, kädet vaihtoivat paikkaa ja kulkusuunta muuttui.

He ottivat ryhdikkään asennon ja harjoittelivat. Pitkän aikaa kenttää edestakaisin luisteltuaan he onnistuivat viimein pitämään toisiaan käsistä ja saamaan käännökset sujumaan.

Kesken luistelun ankara jomotus iski nilkkoihin. Tapani toivoi kivun menevän pian ohi, mutta jalat olivat luistimissa kuin pullat uunissa; turposivat ja niitä kuumotti. Kivun tähtikartta vilisti silmissä, ja vain vaivoin Tapani pysyi jaloillaan.

Seuraavaan kaarteeseen tullessa hän menetti viimeisen tuen ja kädet irtosivat tyttären käsistä. Kipu pomppasi nilkoista ylös, kun polvet kolahtivat jäähän ja hän itse valahti alas. Kipu kellautti hänet sikiöasentoon, jossa hän pyöriskeli ja yritti helpottaa oloaan.

Tapanin ympärille kerääntyi ihmisiä ja kauempanakin olevat käänsivät katseensa jäällä makaavaan mieheen. Tyttö katseli hämillään isäänsä ja kysyi huolestuneena:

- Isi, sattuuks suhun?

Tapani nyökäytti päätään pystymättä vastaamaan. Hän lähti hinaamaan itseään kentän reunalle kuin avannosta pelastautunut kantavalle jäälle. Pitkät kädet ottivat vetovastuun, ja tönkkö ja passiivinen kroppa laahautui perässä pitkin liukasta jäätä. Saatuaan viimein otteen karheasta lumipenkasta Tapani veti itsensä jäältä.

Pehmeä lumi myötäili ja viilensi mukavasti, kun Tapani konttasi kohti penkkiä. Päästyään viimein istumaan hän puuskutti ja katsoi entiselleen palautunutta kentän vilinää. Tapani vastasi tyttärensä vilkutukseen ja tämä jatkoi luisteluaan.

Hengityksensä tasaannuttua Tapani alkoi aukoa nauhoja. Haudattuaan luistimista vapautuneet jalkansa lumeen hän oli kuulevinaan sihahduksen kuin uudenvuoden tinan tipahtaessa veteen. Huokaus nousi huulilta kylmän helliessä kipeytyneitä jalkoja ja polvia niiden saadessa oman lievennyksensä lumimönteistä. Tapani katseli edessään lojuvia luistimia. Kenkäosa oli letkumainen ja tuen puute yhdessä äkkinäisen liikkumisen kanssa oli uuvuttanut nilkat. Nilkan ympäri kieputetun nauhan tuki oli osoittautunut kosmeettiseksi eikä ollut pystynyt estämään nilkkojen kipeytymistä.

Irvistellen ja kasvojaan väännellen Tapani yritti muotoilla kasvoilleen hymyn. Hän oli kivusta huolimatta jollain tavalla onnellinen ja koki vahvaa yhteenkuuluvuutta isäänsä. Hieroessaan kipeytyneitä nilkkojaan hän tunsi niissä voimakasta isän läsnäoloa.

– Minä ja isä olemme yhtä, mikään ei erota meitä.

TELTTANARUT

Kuin paimenen teltta minun majani puretaan ja viedään pois. Jesajan kirja 38:12

Teppo oli siirtämässä eteisen lipastoa, kun yksi laatikoista tippui lattialle. Keräillessään ympäriinsä levinneitä tavaroita hänen silmänsä osuivat vieraaseen kansioon laatikonpohjalla. Käännellessään valokuva-albumiksi osoittautuneen kansion sivuja kuvista hyppäsi silmille monia tuttuja.

Siniverkkaritakkisessa pojassa on jotain tuttua, tuumasi Teppo ja katse siirtyi kuvasta peilikuvaan ja takaisin. Karvoja ja ryppyjä kasvoilla, pienentyneet silmälasit, tummentuneet hiukset, mutta muuten kasvonpiirteet olivat samat. Ja nuo tutun siniset silmät.

Kamera oli vanginnut lapsuuden viime hetkiltä kirkassilmäisen ja viattoman katseen. Maauimalan kierrerappusissa onnellinen poika, joka oli uskaltautunut katselemaan hyppytornin ylimmältä tasanteelta yli Saimaan. Kädet tiukasti rappusten kaiteissa. Tuuli pyöritti vaaleita hiuksia. Kuvaushetki ei muistunut mieleen, mutta lapsuuden huolettomuus kylläkin; olotila, jonka muisti, mutta jota ei osannut kuvailla, saati tavoittaa; aikuisuus oli nielaissut sen.

Tepon katse pysähtyi kuvaan häävieraista. Hän tunnisti kirkon parkkipaikalta vanhempansa, jotka muiden tavoin olivat iloisia; eivät riehakkaita, vaan hillityn maltillisia. Omaan tuttuun tapaansa hassuttelevan enon lisäksi kuvassa oli muitakin sukulaisia, joita Teppo ei kuitenkaan osannut nimetä, saati istuttaa sukupuun oksille.

Kuvan vasemmassa laidassa oli vaaleanvihreä Opel Kadett, vuosimallia 74. Vanha iskulause - *Kestää isältä pojalle* sopi siihen, sillä se oli kestänyt isän, veljen ja vielä Teponkin ajot, kunnes hajosi. Mutta kuvassa se oli vielä hyvässä kunnossa ja seisoi ylpeän tasaveroisena kuvan ulkopuolelle rajattujen autojen vieressä.

Tepon isä oli ollut pitkä ja iso, mitä auto ei ollut. Talvisin isällä oli aina karvalakki päässään, myös autoillessaan. Lakittakin pää hipoi kattoa, mutta lakitettuna se oli hangannut tumman, rinkulan muotoisen jäljen vaaleaan verhoiluun. Teppo oli nauranut sisarustensa kanssa, että isän sädekehä oli suodattunut tummana auton kattoon.

Teppo jatkoi hymyssä suin katselemista. Monet muistot nousivat mieleen ja tuntuivat niin eläviltä, että ne pystyi miltei kokemaan uudestaan. Hän uppoutui menneeseen ja ajantaju katosi täysin.

Tepon katse kiinnittyi kuvassa punaiseen kynttilään ja hän rajasi kaiken muun pois. Usein peilin edessä lipaston päällä oli palanut kynttilä, kuten silloinkin, kun Teppo oli raukeana kotiutunut hämärtyneestä iltapäivästä; posket punoittivat pakkasesta ja ystävien kanssa touhuilusta. Riisuessaan painavaa koulureppua ja ulkovaatteita hän oli huomannut kynttilän. Eteisen ainoana valona se oli saatellut sinisestä hetkestä sisällä vallitsevaan kirkkauteen. Teppo oli aistinut lämmön ja puristanut pakkasessa kohmettuneet kätensä kynttilän ympärille.

- Sie tulitkii nii hiljaa, etten mie ees kuullu.

Äiti oli pörröttänyt hymyillen Tepon hiuksia.

- Tuu tervehtimää vierast.

Olohuoneen sohvalla oli istunut äidin ystävätär, joka tervehti iloisesti ja kysyi perinteiset kuulumiset. Teppo oli katsahtanut sivusilmällä keittiönpöydälle, minne oli katettu kahvit ja tuoretta pullaa. Äiti oli lukenut poikaansa tarkasti ja päästänyt tämän keittiöön.

Taivaallisen hyvää, Teppo muisteli suljetuin silmin lämpimiä pullia ja kylmää maitoa. Mieli toisti yhtä kauneimmista hänen tuntemistaan lauseista: Mie pien pullast.

- Etkö sä ole saanut tuota lipastoa yhtään pidemmälle? kysyi veli saapuessaan eteiseen. - Mä olen rehkinyt kuorma-autossa tehden sinne tilaa. No, siirretään se yhdessä.

Teppo laittoi kansion takaisin laatikkoon ja tarttui lipastoon. He nostivat sen ja lähtivät kuljettamaan. Veli kulki edellä selkä menosuuntaan ja yritti saada askeleensa kohdalleen. Teposta ei ollut apua, sillä hän ei nähnyt veljensä ja lipaston takaa mitään.

Astuessaan ensimmäiseltä rapulta toiselle veli astui harhaan ja menetti tasapainonsa. Kehon paino laskeutui muljahtaneen nilkan päällä ja veli työnsi lipastoa kauemmas, ettei se kaatuisi hänen päällensä. Teppokin horjahti, ote irtosi ja lipasto rymähti laatoitukselle ja hajosi pieniin osiin. Laatikoissa olleet tavarat levisivät maahan, kansio niiden mukana. Teppo unohti tyystin nurmikolla vaikeroivan veljensä ja huolestui kuvista. Olivatkohan ne kunnossa? Säilyiköhän järjestys?

- Mä olen unohtanut, ähkäisi veli ja pyrki selältään istuvampaan asentoon, - mitkä ne Ea-kurssilla opetetut kolme koota olivatkaan ja missä järjestyksessä ne tulivat. Kunhan nyt vaan jotain koota saisi.

Keittiöön mennessään Tepon mieleen ryöpsähti lisää unohduksissa olleita muistoja. Niin kuin se kampela ju-

101

tunkin; kylmä kuin kampela. Kampela. Enohan oli käyttänyt hänestä tuota lempinimeä. Entäs se, että tunnelma kohosi kuin isän karvalakki Kadetin kattoon. Sehän oli ollut heidän lempisanontojaan lapsena. Tai kun kynttilän ympärille puristuneet sormet jättivät jälkensä pehmenneeseen steariiniin ja jota kuivuneena yritti rapsuttaa pois kynsien alta, ettei tarvitsisi leikata niitä.

Kampela, Kadett ja kynttilä, kolme koota, Teppo mietti palatessaan pyyhkeeseen kääriyn vihannessekoituspussin kanssa keittiöstä.

- Kylmä, koho, kompressio.

- Mitä sä horiset?

- Kolme koota, jotka sulla olivat hukassa. Siinä ne ovat ja vielä oikeassa järjestyksessä, Teppo sanoi ja puristi kylmällä vihannessekoituspussilla veljensä kohotettua jalkaa.

- Oletko sä varmasti ajokunnossa? Pitäisikö sun kuitenkin käydä lääkärissä?

Veli pyöritti oikean jalan nilkkaansa. Käsi seurasi katsetta Teposta nilkkaan ja paineli sitä kevyesti.

- Mihin se tilanne siellä muuttuisi? Sun kolmen koon tehohoito auttoi. Sitä paitsi, tämähän on kaasujalka, eihän sillä ole niin väliä. Kyllähän sä mun ajotyylin tiedät.

Veli iski silmää ja linkkasi kuorma-autolle. Teppo hymähti ja pyöritti päätään.

Veli lähti kuorman kanssa ja Teppo jäi kaaoksen keskelle. Tavaraa oli kertynyt melkoisesti, olihan talo ollut vanhempien asuntona yli viisikymmentä vuotta. Teppo havahtui siihen, että oli miltei asunnon ikäinen. Minne lie vuodet vierineet?

Teppo katsoi vaistomaisesti peiliin, joka paljasti sen; hän oli jo keski-iän paremmalla puolella. Hiusraja oli karannut ylös ja pään vähäiset hiukset olivat harmaantumassa. Hän tunnisti sen, minkä muut olivat huomanneet jo aiemmin; hän muistutti isäänsä todella paljon. Hän tunnusti peilille:

- Isäs poika.

Sehän hän oli, vaikka isä oli ollut haudassa jo vuosia. Teppo huuhaili puolityhjässä asunnossa, jonka joka ikinen tavara, nurkka, kolo ja pieninkin yksityiskohta muistuttivat eletystä elämästä. Valokuvien katseleminen oli sysännyt hänet epämääräiseen todellisuuteen, jossa sekoittuivat menneisyys ja nykyisyys.

Teppo myönsi olevansa menneisyysorientoitunut. Hän matkasi usein niin muistoissa kuin oikeastikin vanhoille tutuille paikoille, joista oli tullut hänelle ihmisiäkin tärkeämpiä. Vaimo oli monesti asiasta huomauttanut eikä Teppo kiistänyt sitä; hän laiminlöi ihmisiä paikkojen ja niiden synnyttämien muistojen vuoksi.

Vanhempien asuntoa tyhjentäessässään Tepon tajunta oli laajentunut ja hän ymmärsi, että jotain peruuttamatonta oli tapahtumassa. Hän halusi loppuun asti pitää kiinni, sillä hän pelkäsi kadottavansa tavaroiden ja asunnon häviämisen myötä lopullisesti jotain myös itsestään.

Teppo vaelteli ympäri asuntoa, jonka tiesi perinnönjaossa jakavansa siskonsa kanssa veljen saadessa kesämökin. Hän leikitteli ajatuksella, että ostaisi siskonsa ulos ja pitäisi asunnon. Tämän osuus ei suuren suuri olisi, mutta ajatus ei ollut kuitenkaan kovin realistinen.

Tyhjentäessään erästä lipastoa Tepon silmiin osui videokasetti. Hetkeksi mieleen nousi ilkikurinen ajatus sisällöstä, mutta kun hän katsoi kasetin kylkeä, ajatus häipyi saman tien. Haalistuneessa tarrassa luki isän käsialalla *Tepon rippijuhlat*. Teppo oli ihmeissään. Hän oli luullut kasetin olevan itsellään. Todettuaan nauhan olevan kunnossa hän harppoi portaat ylös. Yhdessä veljen kanssa he olivat miettineet, mitä tekisivät jo parhaat päivänsä nähneelle ja tekniikkansa puolesta auttamattomasti vanhanaikaiselle, raskastekoiselle ja isoruutuiselle televisiolle. Nähdessään laitteen isän kirjoituspöydällä Teppo kiitteli, etteivät olleet ratkaisseet asiaa.

Hän penkoi huoneen läpikotaisin ja etsi videonauhuria. Katsottuaan joka paikasta hän avasi vaatekomeron oven. Hyllyille laskeutunut hienoinen pölyvaippa oli peittänyt kaiken alleen. Teppo siirteli tavaroita, jolloin pöly tunkeutui nenään kutittelemaan ja hän aivasti.

Teppo nousi jakkaralle ja ylimmällä hyllyllä kaiken rojun takana näki massiivisen laiteen. Hän puhalsi keuhkonsa tyhjäksi laitteen päälle ja huomasi tekonsa järjettömyyden; hienojakoinen pöly leijaili komeron muovimatolle pakkaslumen lailla.

Teppo aivasteli ja pärskyi. Hän avasi parvekkeen oven ja raikas ulkoilma valtasi huoneen. Hengitellessään ilmaa hän näki edessään tutun lapsuuden maiseman. Keskellä Saimaata siinsi Naurissaari, lapsuuden Aarresaari, jonne hän oli siirtänyt jokaisen Viisikko-seikkailun. Sodanaikainen Salpalinja juoksuhautoineen ja bunkkereineen kulki saaren poikki ristiin rastiin ja jokainen pienikin kolo oli tullut tutuksi ystävien kanssa saarta kolutessa. Aarteita ei ollut löytynyt, mutta sitäkin enemmän seikkailuja.

Teppo viimeisteli työnsä pyyhkimällä videon päältä loputkin pölyt. Hän nosti laitteen television viereen ja tutki johtojen kytkentöjä. Jonkin aikaa hän pähkäili ja teki muutamia kokeiluja, rämppäsi kaukosäädintä ja hetken päästä oikea kanava löytyikin. Ruudun poikki vaeltaneet raidat olivat kuin ison laivan nostattamia aaltoja. Ne häipyivät, kuva selkiytyi ja Teppo huomasi tulleensa imaistuksi tuttuun kirkkosaliin konfirmaation keskelle. Etäisestä zoomauksesta ja kaukaisesta äänestä hän päätteli, että naapurin Kari oli kuvannut melko kaukaa.

Kirkkokansa tummissa juhlapuvuissaan ja konfirmoitavat valkoisissa mekoissaan muodostivat melkoisen kontrastin. Ryhmät erottautuivat toisistaan, mutta Teppo joutui pinnistelemään erottaakseen itsensä konfirmoitavien joukosta.

Kuvaa kelaamalla ihmiset nousivat ja istuutuivat vikkelästi, vaelsivat vauhdilla alttarille ja takaisin. Hidastuksen löydettyään Teppo sai lisää iloa ylikorostuneen hitaista ja suurieleisistä liikkeistä ja tilaisuus sai koomisia piirteitä. Kasetti valitti kitisten.

Kulkueen vaeltaessa kirkon edestä takaosaan Teppo laittoi kuvan liikkumaan normaalisti. Ohi vilahtavissa kasvoissa, kirkassilmäisissä katseissa, pitkätukkaisissa pojissa ja tyttöjen tupeeratuissa hiuksissa oli tuttuutta ja hän yritti herätellä muistiaan. Se oli vaikeaa ja nimien palauttaminen mahdotonta; kaikki oli samaan aikaan äärimmäisen tuttua ja kaukaista. Oliko hän tosiaan ollut tuolla mukana?

Kuvan pysäytys naulitsi kapeakasvoisen nuorukaisen katsomaan suoraan eteen. Hieman punakat kasvot olivat hämmentyneet, ujonoloiset. Hiukset olivat päältä pystyssä ja orastava takatukka kurotteli hartioita. Hymy vääntyi väkisin Tepon kasvoille. Kameraa tiukasti tapittava nuori ei tiennyt mitään tulevasta, hänen historiastaan.

Ruutu pimeni nuorukaisen ohitettua kameran. Kauaa ei mennyt, kun kirkkokansa parveili pienissä ryhmissä kirkon pihalla. Keskipisteinä olivat kaavuistaan kuoriutuneet juhlapukuiset nuoret sylit kukkia täynnä. Kaikki hymyilivät, halailivat, toivottelivat onnea ja ojentelivat nuupahtaneita ruusujaan.

Teppo tunsi myötätuntoa sukulaisten piirittämää ja huomion keskipisteeksi joutunutta hämmentynyttä nuorukaista kohtaan. Toisin kuin vuosia sitten, nyt hän vapautui kärsimyksistä kelaamalla vauhdilla eteenpäin Leo-Pekka Tähden lailla. Kuva rullasi ruudulla niin nopeasti, että siitä oli mahdotonta päätellä mitä tapahtui, saati tunnistaa ihmisiä.

Teppo painoi *playta*. Kuvassa oli kotitalo etupuolelta, ulko-ovi rappusineen, jolla isä istui vaaleassa kesäpuvussaan. Hänellä oli tummasankaiset silmälasit ja 80-luvun tyyliin pelkät viikset muun kasvojen ollessa sileät. Hän muistutti *Movemberin* aikaisia kuuluisia jääkiekkoilijoita.

Tiukka ilme kasvoillaan isä puhui paatoksellisella äänellä:

- *Vaatimaton kansan mies rähjäsen mökkisä rappusilla.*

Jos Teppo ei olisi tuntenut isäänsä, eikä tämä olisi röhähtänyt nauramaan heti kohta repliikkinsä jälkeen, olisi voinut luulla tämän olevan tosissaan, niin veikko vennamolaista ajan hengen mukaista eetosta sanoissa oli. Teppo pysäytti, kelasi kuvaa taaksepäin ja katsoi uudestaan.

Kyllästyttyään hän antoi nauhan liikkua. Ruudulla vilahteli tuttuja kasvoja, osa jo tuonpuoleisuuteen siirtyneitä. Keskustelut olivat perinteisiä kameran jäykistämiä.

- Niin ne vuuet vierii, vastaha tuoki poika synty ja nyt jo ripille pääs.

- Kyl on hyvää kakkuu, mite ihmees oot saanu tän onnistumaa näi hyvi?

- Kyl puhu pappi nii kauniist et iha siin liikuttu.

- Kyl näil nykynuorilla on kaik nii hyvi, toist ol mei aikaa.

Välillä kamera yllätti jonkun vieraan ja tällöin tämä oli vapautuneempi, jolloin puheen nuotti ja sisältö olivat rennompia. Vaikka juhlakaluna Teppo oli ollut paikalla ja nähnyt nauhan moneen otteeseen, tuntui kuin hän tirkistelisi vanhemmiltaan salaa kiellettyä elokuvaa. Hän hämmästyi tunnetta ja punaa poskillaan ja kelasi eteenpäin. Kuvan siirryttyä takapihalle hän pysäytti.

Kuva oli pitkään rehevässä pensaassa ja Teppo odotti jännittyneenä mitä tapahtuisi. Hetken päästä pensas heilui ja isä ilmaantui näkyville. Hän liikkui rennosti ja työnsi olkapäitään eteen käsien myötäillessä liikettä. Jalat rytmittyivät liikkeeseen ja yhdessä muodostui harmoninen kokonaisuus, joka pitkässä ja kookkaassa olemuksessa korosti ryhdikkyyttä ja ylväyttä.

- Mies viidakon keskeltä.

Sanat limittyivät saumattomasti kokonaisuuteen. Isän olemus viestitti, kuka pihan omisti. Mies sanan painottaminen ja ensimmäisen tavun venyttäminen olivat kruunu hallitsijan kutreilla.

Teppo kelasi kohdan uudestaan ja hidasti kuvaa, jolloin liikkeet korostuivat entisestään. Näytti kuin isä olisi harkinnut tarkkaan jokaista pienintäkin liikettä. Hän harmitteli, etteivät äänet kuuluneet hidastuksessa, sillä hän olisi mielellään kuunnellut mahtipontiset sanat vieläkin painottuneemmin.

Isäni maa. Ajatus tuli Tepon mieleen katsellessa ja miettiessä isän elämää. Tämä oli syntynyt, kasvanut ja elänyt – viettänyt koko elämänsä - täällä. Tuon humoristisen heiton taakse kätkeytyi niin syvä totuus, että Teppo hätkähti. Oliko hän katkaisemassa isänsä juuria, häivyttämässä tämän muistoa? Eihän Teppo sellaista halunnut, vaan halusi isänsä olevan edelleen viidakkonsa valtias.

- *Täskää ei paljo enää puhasta maata oo.*

Vaikka katsoi kuinka tarkasti vuosikymmenien takaisen takapihan kasvillisuutta, Teppo ei saanut selvyyttä sen runsaudesta ja tiheydestä. Hän oli aikalaistodistajana olleen isänsä kommentin armoilla.

Teppo ryntäsi parvekkeelle. Parvekelasi lähti kiskoiltaan hänen tempaistuaan sitä voimalla ja vain vaivoin hänen onnistui nostamaan se parvekkeelle. Hän ei uskaltanut liikuttaa muita laseja, vaan nojasi tiukasti kaidetta vasten ja kurkisti ulkopuolelle. Silmien eteen avautui oksien ja vihreiden lehtien peittämä näkymä, joka toi mieleen viidakon.

Mies kuunteli hämmentyneenä lintujen kujertelua, apinoiden ääntelyä ja katseli epätietoisena ympärilleen keskellä tiheää viidakkoa. Käsi puristi tiukasti viidakkoveistä, jonka terä oli vaipunut maahan. Tilaa ei juurikaan ollut ja oli ylipäätään ihme, että hän edes mahtui sinne. Kasvillisuuden runsaus ja tiheys nielaisivat hänen liikkumisensa ja tekemisen aikeensa. Neuvottomana hän seisoi paikoillaan ja äsken niin rempseä olemus oli muisto vain.

Apaattisena hän katseli ympärilleen ja toisteli monotonisen tylsästi:

- Mies viidakon keskeltä.

- Täskää ei paljo enää puhasta maata oo.

Viimeiset sanat kutistivat elintilan minimiin ja imivät kaikki toivonrippeet; mitään ei ollut tehtävissä, oli luovutettava.

Teppo havahtui korvamadon luikerteluun ja ravisteli itsensä tähän hetkeen. Luotuaan viimeisen silmäyksen alas hän säntäsi takapihalle. Hän pysähtyi kivetykselle ja katsoi edessään versoavaa puutarhaa kuin prinsessa Ruususta herättämään tullut prinssi. Unkarinsypressi ja villiviini olivat yhdessä punoneet kyhäelmän, jota ei hetkessä poistettaisikaan.

Teppo oli niin lumoutunut näkemästään, että prinssin lailla hamuili vyönsä olemattomasta huotrasta miekkaansa. Tajuttuaan seisovansa lapsuudenkotinsa takapihalla satulinnan puutarhan sijaan hän riensi hakemaan puutarhasaksia. Puutarhaa eläessään huolella hoitanut äiti oli kertonut villiviinin käyttävän toisia kasveja tukikeppinään kiinnittyessään niihin ja lopulta viedessä niiden elinvoiman ja -tilan.

Teppo otti sakset ja ryhtyi leikkaamaan yhteen kietoutunutta sypressiä ja villiviiniä irti toisistaan. Isänsä sanat vuosikymmenien takaa olivat toteutuneet kirjaimellisesti.

Teppo oli niin uppoutunut työhönsä, ettei ollut huomannut veljensä paluuta.

- Luulin, että oltiin pakkaamassa tavaroita eikä leikkimässä puutarhuria. Uudet omistajat varmaan tekevät puutarhasta itsensä näköisen.

Teppo säpsähti veljensä puheita ja oli pudottaa sakset päähänsä. Hän oli kertomaisillaan tekevänsä isälleen viimeistä palvelusta, mutta luopui ajatuksesta. Veli tuskin olisi ymmärtänyt hänen ajatuksenjuoksuaan, niin rationaalisesti tämä maailmaa hahmotti. Sitä vastoin hän nosti etusormensa pystyyn sanomatta sanaakaan ja ryntäsi parvekkeelle ohi hölmistyneen veljensä.

- Näetkö?

Veli katsoi ylös ja nyökkäsi hämmästyneenä. Teppo hymyili. Nyt mahtui taas ilmestymään mies viidakon keskeltä.

PANTTERI

Kahvila

- Ei voi olla totta.
- Niin mikä?
- Tuolla on Pantteri!
- Mikä?
- Pantteri.
- Missä?
- Sun takana. Mutta hei, kurkkaa sillain vaivihkaa, ikään kuin et katsoisikaan. Äläkä vaan tuijota.
- Okei. Mutta missä?
- Pöydässä, susta katsottuna vasemmalla.

Kati kurkkasi huomaamattomasti taakseen ja kääntyessään takaisin hänen kasvoillaan oli kysyvä ilme.

- Siellä on ihminen eikä mikään eläin, vaikka mies onkin. Tomi, tää on kahvila, ei mikään eläintarha.
- Tiedän, mutta pöydässä istuvan miehen nimi onkin Pantteri.
- Pantteri?
- Pantteri.
- Siis etu- vai sukunimi?
- Ei kun lempinimi.
- Mistä sä sen tiedät? Tunnetko sä tuon kaljupäisen vanhan äijän?
- Ensinnäkin, se ei ole mikään vanha äijä vaan keski-ikäinen, pikkusen meitä vanhempi. Ja toisekseen, se ei ole kuka tahansa, vaan Petri Sriko.
- Kuka?

111

- Kaikkien tuntema Petri Sriko. Hei, älä vaan sano tuon sun ilmeen tarkoittavan, ettet sä tiedä, kuka Petri Sriko on.
- Kyllä.
- Ei voi olla totta. Miten on mahdollista? Missä kuplassa sä olet oikein elänyt? Hei, anteeksi kulta, istu alas, en mä tosissaan sitä tarkoittanut. Musta vaan tuntui oudolta, ettei joku tiedä kuka Sriko on, mutta mä kerron sulle.

Kisapuiston jäähalli 80-luvun alussa

- Koht se Pantteri tulee, hihkaisi Tomi innoissaan seisomakatsomossa ja pälyili lähellä jään reunaa suljettuna olevaa kaukalon päätyovea. Vieressä Mikko kurkki myöskin kaukaloon ja nostatti osaltaan odotusta.
- On se kova jätkä.
- Niin on.
- Oot sie kuullu et se luistelee alkulämmittelys nauhat auki.
Epäuskoisena Tomi kääntyi katsomaan kaveriaan.
- Nyt kyl huijjaat.
- En huijjaa.
- Huijjaat huijjaat. Ehä kenekää nilkat sellast kestä.
Mikkoon Tomin inttäminen ei tehonnut, vaan hän pysyi kannassaan ja katsoi itsevarmasti eteen ja sanoi:
- Pantterinpa kestää. Koht sie näät.

Kahvila

- Ja tuo pöydässä istuva kaljupää on tämä jääkiekkoilija Petri Sriko.
  - Kyllä, tosin entinen jääkiekkoilija.
  - Ja mun olisi pitänyt tietää se.
  - Tavallaan kyllä. Kuuluu yleissivistykseen.
  - Miten sivistymätön moukka olenkaan! Elämäni on valunut hukkaan suuren tyhjyyteni ja tietämättömyyteni takia näinä tyhmyyden täyttäminä vuosina.
  - Kati, älä viitsi olla noin sarkastinen. Jos nostat katseesi hetkeksi tuosta pinnallisesta iltapäivälehdestä, niin kerron sulle, millainen jääkiekkoilija Sriko oli.

Kisapuisto

- Mitäs mie sanoin, totesi Mikko tyytyväisenä.
- No oikees sie olit. On sil rautaset nilkat, myönteli Tomi vieläkin ihmeissään.
- Eiks ookii. Mut mitä veikkaat, montas kertaa Pantteri tänää iskee?
- Kyl se varmaa muutaman maalin tekee, tuo Kaupinsalo on melkonen imuri.
- Kuuluu hörppäys tänne asti.
Kaverukset nauroivat ja matkivat imurin ääntä.
- Toivottavast Mälli ja Koksi on myös iskus. Kyl hyö yhes saa melkosta jälkee aikaseks ja pyörittää Lukkoo mennen tullen.
- Miul on muuten Pantterin nimmari. Sain sen viime viikol, totesi Mikko ohimennen kuin minkä tahansa tavallisen asian. Hiljaisuus laskeutui kaverusten väliin ja Tomi katsoi eteensä uskaltamatta vilkaista Mikkoa, jonka ääni

113

oli ylpeyden virittämä. Nieleskellen hän yritti peittää harmistustaan.

- Miul on Mällin nimmari ja maila kans. Mut mie oon hommaa...

- Nyt ne tulee.

Innoissaan Mikko tökkäsi Tomia kylkeen eikä kuunnellut tämän sanoja hallin katossa roikkuvien kaiuttimien alkaessa soittaa SaiPan kannustuslaulua ja joukkueen luistellessa jäälle. Tomi nojasi allapäin kaiteeseen, mutta unohti nopeasti harmistuksensa liittyessään muiden tavoin Erkki Liikasen laulamaan Lätkä lentää kappaleeseen. Pojat taputtivat ja hurrasivat pelaajille muun yleisön mukana. Suurimmat suosionosoitukset keräsi poikien ja koko yleisön suurin idoli Petri Sriko. Hallin oli laskeutunut odottava tunnelma.

Kahvila

Tomi nousi ja lähti kulkemaan vakaasti Pantteria kohti. Häntä ei nolottanut, hävettänyt, saati pelottanut yhtään ja miksi olisikaan; hänhän oli menossa kohtaamaan nuoruuden idoliaan. Hän oli odottanut tätä hetkeä vuosia ja valmistautunut siihen mielessään kuin urheilusuoritukseen. Hän kaivoi takkinsa povitaskusta tavallisen pienen, mutta hetken päästä suureksi muuttuvan lehtiön ja varta vasten tähän hetkeen hankkimansa Ballograf-kynän.

Muutama askel ja hän olisi Pantterin pöydän ääressä. Hän suoristi kätensä, ojensi lehtiön ja kynän. Pantteri havahtui ja nosti päänsä...

- Tomi. Saitko sä sen?
- Mitä? Minkä?

114

- No sen huollon numeron, sun pitää soittaa siitä vuotavasta hanasta. Miten sä olet noin unessa? Sullahan on lehtiö ja kynä kädessä, mikset kirjoittanut sitä ylös.

Kati nappasi kynän ja lehtiön ennen kuin Tomi ehti tajuta niiden hävinneen.

- Siinä se nyt on. Hoida asia tänään. Mutta kylläpä aika rientää. Nyt pitää palata takaisin töihin.

- Eikö voitaisi vielä istua hetki? Niin harvoin päästään yhdessä kahville.

- Niin kivaa kuin olisikin jäädä tänne istuskelemaan ja viettämään iltapäivää kanssasi, niin nyt ei pysty. Työt eivät odota.

Ei odota kyllä Pantterikaan ja sen tassun jälki, ajatteli Tomi ja katseli takkia päälle pukevan vaimonsa ohi nuoruuden idoliaan. Tomi laittoi pettyneenä vihon ja kynän takaisin povitaskuun ja puki takin ylleen.

- Vieläkö sulla on tuo iänikuisen vanha kaulahuivi? Eikö sitä voisi jo vaihtaa johonkin hieman uudempaan?

- Mutta sähän sanoit aiemmin, että keltamusta sopii hyvin yhteen mustan kanssa.

- Anna kun mä laitan sen niin, ettei tuo naurettava logo ole päällimmäisenä. Sehän näyttää ihan joltain ufolta.

- Ei se mikään ufo ole vaan satelliitti, Sputnik. Ja sen tarkoitus onkin olla näkyvillä. Jos mä piilotan sen, niin eihän kukaan tiedä kenen joukoissa mä seison.

- Kenen joukoissa seisot! Sä kuulostat ihan jollain 70-luvun vasemmistoradikaalilta. Haloo, nyt eletään 2010-luvulla.

- Väriä pitää tunnustaa. Meidän poikien rinnalla tulee kulkea.

- Joo joo, mutta nyt kuljet mun rinnalla, etkä jää jälkeen niin kuin tavallisesti.

Kati kaappasi Tomin käsipuoleensa, ja he lähtivät pujottelemaan kahvilasta ulos. Ohittaessaan Pantterin pöytää tämä nosti katseensa ja vinkkasi silmää.

- Näitkö?

- Mitä?

- Pantteri vinkkasi mulle silmää.

- Vinkkasi silmää? Varmaan vaan räpytteli silmiään räplättyään koko ajan puhelinta. Se oli tahaton refleksi.

- Eikä ollut. Se oli selvä vinkkaus. Tämä pitää kertoa Sepolle.

- Pantterihan on kissaeläin ja niillä on laajempi näkökenttä kuin ihmisillä. Ehkä se loi laajan katsauksen kahvilaan ja teidän katseenne vain kohtasivat räpyttelyn aikana.

Tomi tunsi vaimonsa ja päätti olla vastaamatta tämän sarkasmiin. Sitä vastoin hän kääntyi katsomaan taakseen. Pantterin pöytä oli tyhjä. Se oli toiminut luontonsa mukaisesti ja hävinnyt nopeasti jälkiä jättämättä. Ehkä he vielä joskus kohtaavat, ja silloin hän nappaisi sen nimmarin.

VALLIHERRA KOIKKALAINEN

- Onkos sitä Koikkalaista näkyny tääl?
- Ei ole tänään. Etteks työ piä huolta teiän asukeista? Ei oo oikei vakuuttavaa toimintaa.

Sirpa tuhahti ja kääntyi ympäri vaivautumatta vastaamaan. Helppohan tuon oli puhua, omalla osastolla kun oli ainoastaan vuodepotilaita, jotka eivät omille teilleen lähteneet. Sirpa toivoi, että joku keksisi sähköllä liikkuvat sängyt, jolloin raamatullinen "ota vuoteesi ja mene kotiisi" toteutuisi heidänkin osastollaan.

Sirpalla oli ristiriitaiset tunnelmat hänen etsiessään Koikkalaista, yhtä vanhainkodin vireintä ja samalla ehtivintä asukasta, jonka yksi lempisanonnoista, *Vierivä kivi ei sammaloidu*, kuvasti tätä hyvin. Moni nuorempikin oli sammaloitunut sängynpohjalle omaan pieneen maailmaansa, mutta Koikkalaisessa ei ollut näkynyt pienintäkään merkkiä sellaisesta.

Vanhainkoti kannusti asukkaitaan aktiivisuuteen, mutta Koikkalaisen rajat ylittävä aktiivisuus oli kääntynyt häntä itseään vastaan. Vanhainkodin johtaja hahmotti aktiivisuuden "turvallisten rajojen sisällä tapahtuvana toimintana", jonka sisään ulkopuoliset omatoimiretket eivät sopineet. Ennemmin tai myöhemmin Koikkalainen palasi aina retkiltään, joten nytkään Sirpa ei osannut olla kovin huolissaan.

Sirpa ei halunnut hangoitella vastaan, vaan totteli johtajan käskyä, vaikkakin sisäisesti hieman kapinoikin. Hän ei halunnut hankalan työntekijän mainetta, varsinkaan näin epävakaana aikana. *Kenen leipää syöt, sen lauluja laulat* - oli Koikkalainen sanonut, kun Sirpan oli saattanut häntä taas kerran vanhainkodin siipien suojaan. Koikkalainen oli ymmärtänyt, että Sirpalle hänen hakemisensa retkiltään oli tämän itsemääräämisoikeuden loukkaamista.

Vaik kiipeen kiipeemist ylöspäi, pehmee lumi antaa periks ja mie valaha ain vaa alemmas. Onneks saan taas tukevamma ottee kasast ja pystyn ponnistamaa ylöspäi. Otan käsil tukee vallist ja yhessä käsie ja jalkoje avul pääsen eteepäi. Enää piene pien matka, muutaman kaveri kampeeminen pois eestä ja sen jälkee mie oo huipul. Vaikka oisin siel vaa piene hetke, mut sen aja valli on miun. Mie hallitsen sitä.

Koikkalainen eteni hitaasti. Mukana kulkeva kävelykeppi oli tilanteen mukaan joko jarru tai kaasu. Kun piti huilata tai maa veti puoleensa, keppiin nojaamalla sai kerättyä voimia ja tasapainon taas kohdalleen. Kun taas piti saada nopeutta ja tukea vaivaisille jaloille, kepiltä sitä sai. *Kolmejalkainen mies etenee sujuvammin ja nopeammin kuin kaksijalkainen,* Koikkalainen muisteli erään ystävänsä lausumaa ja hymyili. Mihin tässä enää kiire oli, antaa nuorempien liikkua nopeasti. Hän ei ollut varma, kulkivatko vanhuus ja viisaus käsi kädessä, mutta yhden tärkeän asian hän oli ikääntyessään oppinut, hitaasti liikkumisen.

Koikkalainen pysähtyi edettyään pienen matkan. Jalkakäytävä kulki mukulakivikadun ja nurmirinteen välissä. Hän katseli rinteen jyhkeitä valleja ja tuumasi, että mikäs tasaista rinnettä olisi ylös kiivetessä, sitähän nelistettäisiin hevosilla ja juostaisiin kevyesti ylös alas. Mutta nuo vallit, ne tekivät etenemisen työlääksi.

Jo pelkkä vallien katseleminen sai Koikkalaisen puuskuttamaan, saati että hänen pitäisi kiivetä niitä ylös. Ja vaikka hän olisi vireä nuorukainen, vanhanaikainen sotisopa päällä jyrkkää vallia ylös ja toista alas kapuaminen tuntui jo ajatuksenakin rasittavalta. Hän kiitti Luojaansa, että oli vanha mies tässä ajassa.

Kyllä olivat viisaita rakentaessaan rinteeseen useamman vallin, tuumasi Koikkalainen ja taapersi eteenpäin loivasti nousevaa jalkakäytävää. Jos tunkeutujat selviäisivät ensimmäisestä, joutuisivat he kukistamaan vallin jälkeisellä tasanteella olevat puolustajat ja mikäli onnistuisivat siinäkin, joutuisivat kapuamaan vielä toisen vallin päälle ja taistelemaan uudestaan. Jos he sen jälkeen olisivat vielä pystyssä päin, linnoitus olisi hyökkääjille auki.

Koikkalainen katsoi valleja peittävää vihreää nurmea, joka korosti ja toi esille kumpuilevan muodon. On siinä iso homma pitää kummut kunnossa, onneksi en ole kaupungin puisto-osastolla, vaan voin keskittyä omien ruukkukukkien hoitamiseen, hän huokaisi helpotuksesta.

Sirpa mietti mistä lähtisi Koikkalaista etsimään. Mitä kaikenlaisia aktiviteetteja tänään olikaan tarjolla? Millä kaikella asukkaita viritettäisiin? Sirpa huomasi ärsyyntyvänsä aktiviteettiähkystä, joka oli vanhainkodin johtajalle hoitotyön kantava ajatus ja jossa talon asukkaat haluttiin marinoida. Eikö kodinomainen asuminen kaikkine siihen liittyvine askareineen olisi riittävää? Pitikö kaiken olla niin virallista ja järjestettyä? Samanlaista se tuntui olevan lastenkin kohdalla; koko ajan piti olla menossa sinne tänne, ei ollut aikaa pysähtyä ja vetää henkeä.

Sirpa huomasi kiihtyvänsä miettiessään omia lapsiaan. Niin hyvä kuin olisikin ollut jäädä kotiin heidän kanssaan, ei se ollut mitenkään mahdollista taloudellisten paineiden ollessa niin kovat. No, tulipahan ainakin vaihtelua, kotona kun oli pieniä lapsia ja töissä vanhuksia.

- No, jokos se karkulainen on löytyny?

Laitosapulaisen kysymys katkaisi Sirpan pohdinnat. Karkotettuaan yrmeän ilmeen kasvoiltaan hän huokaisi:

- Eipä oo viel löytyny. Ei sitä yksin oikee joutusast tätä isoa taloa läpi käyvä.

- No niihä se on. Mitäs jos mie lähen siun matkaa? Mie oon päivän työt tehny ja miul on täs viel vähä aikaa. Kaks silmäparii näkee yhtä paremmi.

- Se ois tosi kiva juttu, kiitoksii vaa paljo.

Tälläne neljä raajaa kinokses asento o kyl hyvä, pääsee paremmi etenemää ja on paremp pitokii. Toivottavast kukaa ei tuu niskaa tippuessaa alas vallinpäält, näkyvyys on nimittäi tällee edete melko huono. Mut jos haluu päästä huipul, pitää olla valmis hiema tinkii jostai asiast. Ei oo enää pitkält.

Koikkalainen jatkoi jalkakäytävää pitkin kohti linnoituksen porttia. Nuorempana hän olisi jo ollut vallilla ja hänen eteensä olisi avautunut laaja kaupunginlahti. Nyt hän katseli tuota kaikkea suljetuin silmin. Kyllä oli Pietarilla silmää ja katseen kaukonäkö kohdallaan rakentaessaan kaupungin tähän, korkealle ja vedenääreen. Eipä juuri paremmalle paikalle olisi perustusta voinut laskea, nyökytteli Koikkalainen vakuuttavasti päätään.

Ajatus kantoi yli lahden ja venelaitureiden aina Mylly-saareen asti. Koikkalainen oli lukenut lehdestä, että kaupunki oli laittanut parhaan uimarantansa uuteen uskoon. Sieltä löytyi kunnostettua hiekkarantaa, maauimalaa hyppytorneineen ja kelkkaliukumäkineen ja uutena beachvolley-kenttiä ja seikkailupuisto kiipeilyalueineen. Vaikkei ennen ollut moisia, ei se ollut estänyt viettämästä aikaa rannalla, myhäili Koikkalainen vanhojen muistojen palatessa mieleen.

Eräänä kesäpäivänä hän oli tutustunut ystävänsä Pekan kanssa pariin tyttöön, jotka olivat kutsuneet pojat yöksi teltalleen. Pojat olivat saaneet tahoillaan luvan yökyläilyyn toistensa luona, joten makuupussi toisessa ja pussillinen äidin maukkaita sämpylöitä toisessa kainalossa Koikkalainen syöksyi matkaan.

Jemmattuaan pyörät pusikkoon pojat ajattelivat laskeutuneen hämärähyssyn olevan jo niin peittävän, etteivät tytön vanhemmat huomaisi heidän saapumistaan. Tytöt odottelivat jännittyneinä sisään puikahtaneita poikia ja teltta täyttyi supattelusta, kikattelusta ja korttien läiskinnästä.

Äänitaso teltan sisällä nousi. Pelin ja seuran huumaannuttamana he aliarvioivat tytön vanhempien kuulon ja yliarvioivat telttakankaan äänieristyksen. Tytön isän ääni leikkasi todellisuuden raa'asti kahtia lähettäen tytöt sisälle ja pojat yönselkään.

Vaikka Pekka asuikin lähellä, pojat pyöräilivät halki kaupungin yöpyäkseen Myllysaaressa. He etsivät pehmeää alustaa ja löysivät sellaisen maauimalan nurmelta.

Koikkalainen huokaisi muistellessaan tuota yötä. Ei ollut uni tullut silmään, mieleen oli noussut Kyllikki Saaren tapaus ja oli alkanut pelottaa, toisin kuin hyvät unenlahjat omaavaa ja sikeästi nukkuvaa Pekkaa. Päivällä niin tuttu uimaranta muuttui kesäyön hämärässä ja hiljaisuudessa pelottavaksi paikaksi. Oltuaan jonkin aikaa valveilla Koikkalainen herätti Pekan ja niin pojat polkivat loppuyöksi omiin sänkyihinsä nukkumaan.

Sirpa ja laitosapulainen miettivät päänsä puhki, missä Koikkalainen olisi. He olivat käyneet vanhainkodin kaikilla osastoilla, harrastepajoissa bingosta lukupiiriin, mutta missään ei ollut edes näköhavaintoa Koikkalaisesta. He olivat poikenneet tämän ystävien Etulan Erkin ja Takalan Taunonkin luokse, mutta sieltäkään ei Koikkalaista löytynyt. Naisten kieltäydyttyä kahvikutsusta kiireisiinsä vedoten pettyneet vanhat herrat toivottivat onnea etsintöihin, mutta vannottivat naisia välittämään Koikkalaiselle vierailukutsun, kun "käpykaartilainen" viimein löytyisi.

- Eikös se Koikkalainen oo melkonen herrasmies, sanoi laitosapulainen heidän kävellessään pitkin käytävää.

- No onha se, viimesee asti. Mites se nyt näin kesken ettimisen mielee tul?

- Sitä vaan et, eikös se Koikkalainen ollu kovin huolissaa, jos hiukset oli vähäkii liia pitkät. Jos se on menny parturii? Eikös se melko usein siel käy?

- Käy. Mikä se olkaa se parturi tuos lähel? Eiks se ollu Hiukset jotain?

- Hiukset lentää. Mennää kysymää sielt.

Tuo on kyl valpas kaver tuol ylhääl. Hää pyörii ku väkkyrä ja silmät tuntuu olevan niskaskii. Ei sitä iha helpost yllätetä. Nyt täytyy käyttää jotai toisenlaist taktiikkaa, ei voi ihan suoraa rynnätä kaveri etee, muute lentää nopeest alas. Pitääki hiema miettii.

Koikkalainen huilasi nojaten kaksin käsin keppiinsä ja antoi ajatuksen lipua Myllysaaresta hänelle tärkeälle Kimpisen urheilukentälle. Lapsuudessa ja nuoruudessa ja jonkun verran sen jälkeenkin hän oli viettänyt kentällä paljon aikaa, niin kuin silloin eräänä kesäisenä päivänä. Yhdessä tuhansien tavoin hän oli pakkautunut poikansa Immun kanssa katsomaan Juha Tiaista. Koikkalainen näki, kuinka moukari lähti kaaressa korkeuksiin suojaverkkojen välistä kuin kala katiskan suuaukosta kentän pinnassa siintävää 80 metrin maagista rajaa kohti. Rautapallon iskeydyttyä nurmenpintaan voimalla ja nostatettuaan pienen ruohomättään ilmaan Immu ja Koikkalainen olivat hurraavan ja käsiään yhteen paukuttavan joukon kanssa yhtä.

Silloin, kesällä 1984, meitä hellittiin, muisteli Koikkalainen oman kylän poikien mitalien kahmintaa Tiaisen Jussin voittaessa ja Bryggaren Artsin aitoessa hopeaa olympialaisissa. Kentän korkealle kaareutuvat valopylväät eivät olleet vain pylväitä vaan pikemminkin muistomerkkejä Tiais-Juha vainajalle, Immulle ja kesälle 1984. Niin kuin oli Koikkalaisella matkaa Kimpiseen, niin tuntui kaukaiselta tuo kesä. Alkavat kuvat haalistua ja hävitä mielestä, tuumasi Koikkalainen ja pyyhkäisi poskilleen valuneet kyyneleet.

Sirpa astui ulos parturiliikkeestä päätään pyöritellen. Viime viikolla oli Koikkalainen käynyt ja varmaan taas menisi parin viikon päästä leikkauttamaan muutaman millin, mutta siitä tiedosta ei ollut apua. Sirpa katsoi epätietoisena laitosapulaista, joka kohautti hartioitaan. Puhumattomina he palasivat vanhainkotiin.

Sirpa kiitti apulaista avusta, nojasi kyynärpäillään aulan infotiskiin ja riiputti päätään käsien välissä. Tiskin toisella puolella Meiju nosti katseensa näytöstä ja katsoi Sirpaa lasien alta.

- Koikkalainenko?

Sirpa nyökkäsi. Meiju laski lasit pöydälle ja nousi ylös. Hän taputti Sirpaa olalle ja nosti tämän päätä.

- Miul saattais olla siulle ratkasu. Ja se löytyy Koikkalaisen huoneest.

- Onks Koikkalainen siel? kysyi Sirpa toiveikkaasti.

- On.

Sirpa lähti juoksemaan, eikä kuullut hämmästyneen Meijun viimeisiä sanoja:

- Immu Koikkalainen.

Vaik tuo kaver onki valpas ja nokkela, ni ei hää kuitenkaa mikää ihmemies oo. Jos sen kimppuu hyökkää samaa aikaa mont kaverii, ni ei se pysty puolustautuu. Jos kiertelee ympär vallii ja vaanii sopivaa tilaisuut, ni pystyy iskee sillo ku hää sitä vähite oottaa. Annan muien hoiella eturintamataistelun ja puikahan ite ylös taisteluien olles kiivaimmillaa.

Koikkalainen köpötteli eteenpäin kävelykeppinsä varassa. Hänen ajatuksensa laskeutuivat valopylväistä rannan läheisyydessä oleviin vanhoihin punatiilisiin rakennuksiin, joita varuskuntakaupungissa riitti. Yhdessä niistä oli toiminut pitkään kaljatehdas ja ennen kuin Koikkalainen oli ottanut ensimmäistäkään kaljakulaustaan, hän tunsi maltaan hajun. Vaikka eräs kokki oli sanonut, ettei pilaantumaton ruoka-aine koskaan haissut, niin joka ikinen kerta tehtaan ohi pyöräillessä oli sieraimiin leijaillut etova haju.

Koikkalainen nuuhkaisi ilmaa ja yritti herätellä muistoja. Jos oli kaljatehdas ohitettu nenästä kiinni pitäen, niin toisaalla Chymoksen karkkitehtaan ohi oli pyöräilty sieraimet niin levällään kuin mahdollista ja napattu kaikki herkulliset tuoksut sisään. Muistellessaan tuoksuja vesi herahti kielelle ja kuola alkoi valua Koikkalaisen suupielestä sylkirauhasten käydessä ylikierroksilla.

Ajatukset palasivat lapsuuteen ja seinänaapurina asuneeseen parhaaseen kaveriin Joneen, jonka kanssa Koikkalainen oli viettänyt paljon aikaa. Jonen äiti oli Hartwallilla töissä ja joka ikinen perjantai tehtaan sininen lavapakettiauto kaartoi pihaan. Talon lapset kuolasivat kieli pitkällä, kun kuljettaja nosti lavalta korillisen keltaista jaffaa. Ovenpielessä lasipulloissa olevaa herkkua tuijottaessaan lapset tuumasivat Jonen äidillä olevan hyvän työpaikan, kun sieltä sai ilmasta limskaa!

Sirpa saapui juoksujalkaa Koikkalaisen ovelle. Hän avasi lukon, tempaisi oven auki ja astui pieneen huoneeseen. Katse osui selkämys ovelle olevaan nojatuoliin, jossa istuttiin.

– Koikkalainen! Missä sie oot oikein ollu? Mie oon ettiny siut kissain ja koirain kanssa ympäri ämpäri. Sie oot kyllä nyt selityksen velkaa.

– Olen kuljeksinut pitkin ja poikin maita mantereita.

Kuultuaan äänen Sirpa käsitti heti, ettei se ollut Koikkalaisen ja sai vahvistuksen, kun tuolissa istuva nousi ja kääntyi. Koikkalaista huomattavasti nuorempi mies katsoi häntä tarkkaavaisesti ja ojensi kätensä.

– Koikkalainen, Immu Koikkalainen.

Sirpan katse kulki ojennetusta kädestä mieheen. Hän oli nolona sisääntulonsa vuoksi ja häntä hämmensi edessään seisovan miehen nimi ja yhdennäköisyys Koikkalaisen kanssa. Hehän voisivat olla isä ja poika. Poika. Koikkalaisen poika.

Tajuttuaan tuon yhteyden, Sirpa tarttui ojennettuun käteen.

– Sirpa, Lehtisen Sirpa. Koikkalaisen hoitaja, sellane omahoitaja.

Immu Koikkalainen puristi napakasti Sirpan kättä.

– Vai että ihan Koikkalaisen omahoitaja! Eikö ukko ole vieläkään paljastanut etunimeään? Kulkeeko se täällä pelkkänä Koikkalaisena?

– Niin, onhan meillä se etunimikii tiedos, mut ku hää ei halua sitä käytettävän. Hää haluaa olla vaa Koikkalainen.

– Tyypillistä ukkoa. Tiedätkö, mikä se etunimi on?

– Enhän mie oo sitä tarvinnu, hyvin mie oon pärjänny ilmankii.

– Eli et siis tiedä? Haluatko kuulla sen?

Sirpa mietti, rikkoisiko nimen kuuleminen jotakin sanomatonta ja taianomaista. Hän huomasi Immu Koikkalaisen tutkivan hänen kasvojaan ja ennen kuin ehti sanomaan mitään, tämä jatkoi:

– Unto. Unto Koikkalainen.

Unto. Siinä se oli, piilossa ollut etunimi. Nyt hän tiesi yhden asian lisää Koikkalaisesta, mutta ei edelleenkään sitä missä tämä oli.

Sirpa kokosi nopeasti itsensä ja yritti päästä tilanteen herraksi. Hän rykäisi, katsoi Immua tarkasti silmiin ja aloitti:

– Koikkalainen, siis isäs Unto, Sirpa aloitti takerrellen, on ollu omilla teillää jonkin aikaa. Oisko siul mitään aavistusta mist meiän ois hyvä häntä ettii?

– Sama kaiku on askelten. Eihän vanha koira uusille tavoille opi, sanoi Immu myhäillen. – Minkä nuorena oppii, sen vanhana taitaa.

Kyllä huomaa kenen poika, niin on kuin isänsä, tuumasi Sirpa kuunnellessaan Immun puheita. Kun Sirpa oli kertonut mistä oli jo etsitty, hän katsoi mietteliästä Immua.

Tämä pomppasi pystyyn ja nopealla harppauksella oli ovella.

– Tuli muutama paikka mieleen. Mennään!

Hyvä, nyt kaks kaverii lähtee huippuu koht. Nuo on sen verra ronski näkösii, et niil vois olla mahollisuuksii. Toivottavasti ajotus o kohallaa ja hyö hyökkää samaa aikaa. Nyt näyttää hyvält, malttakaa kaverit, malttakaa. Tarkkailkaa tilannet, huomatkaa heikko hetki ja iskekää sillo. Nii teen miekii!

Kiivettyään pienen matkan jyrkentynyttä jalkakäytävää ylös Koikkalainen seisahtui puuskuttaen paikoilleen. Hän tunsi lievää kipua rinnassaan ja henkeä ahdisti. Käytyään kaikki taskunsa läpi hän huomasi nitropurkin jääneen kotiin. Hän oli kuitenkin jo niin lähellä, ettei kääntyisi enää takaisin.

Huilattuaan jonkin aikaa paikallaan olo tuntui hieman paremmalta. Hän käänsi katseensa kaupunginlahdelle ja näki puiden ja talojen lomasta ylväästi korkeuksiin kohoavan vesitornin, jonka yläosa oli kuin karvalakki muita päätä pitemmän miehen päässä. Pienenä poikana Koikkalainen oli käynyt isän kanssa tornin huipun maisemakahvilassa. Hän ei muistanut käynnistä muuta kuin pääsylipun, jota oli säilyttänyt pitkään muiden tärkeiden esineiden joukossa.

Koikkalainen ei nähnyt Marian kirkkoa, sen esti laajentunut kaupunkimaisema. Se tuntui hassulta, sillä kirkko oli aikoinaan rakennettu keskelle korpea ja Linnoituksesta kirkkotielle lähteneet olivat joutuneet varomaan susia. Kirkko seisoi yhä jykevänä paikallaan, nyt vaan keskellä kaupunkia. Sudet olivat sentään kadonneet, mutta tämän päivän kirkkovieraat joutuivatkin varomaan liikenteessä omintakeisesti suhaavia venäläisiä, tiuskaisi Koikkalainen ja pyöritteli päätään.

Koikkalaiselle tämä venäläisvyöry oli kova paikka, olihan hän syntynyt keskelle sotaa pommien tippuessa kaupunkiin. Isä oli ollut rintamalla estämässä neuvostoliittolaisia tunkeutumasta maahan ja nyt venäläiset, isänsä aseen piippua tuijottaneiden neuvostosotilaiden jälkeläiset, ryntivät rajoituksetta maahan. Aseet olivat tällä kertaa rauhanomaisemmat, nippu seteleitä ja kyltymätön ostovimma. Mutta Koikkalainen tuumasi joidenkin asioiden pysyvät samoina; ryssä on ryssä, vaikka voissa paistaisi! Kuin vahvistaakseen hieman kiihtynyttä mieltään, hän napautti muutaman kerran kävelykepillään maahan ja jatkoi vaivalloista könyämistään kohti vallin huippua.

Immu riensi päättäväisin askelin pitkin katuja. Sirpa huomasi, ettei tämä ollut täällä ensimmäistä kertaa. Hän heittäytyi miehen vietäväksi kuin tanssilattialla, vaikka ei tiennytkään mihin he olivat matkalla.

Tasainen asfalttitie muuttui mukulakivikaduksi, ja Sirpan täytyi tarkkailla askeleitaan. Hän kiitti mielessään, ettei jalassa ollut korkeakorkoisia kenkiä. Katu päättyi vanhalle puusillalle, jota Sirpa ei tuntenut ainoastaan siltana, vaan myös tarinana, jonka hän muiden kaupunkilaisten tavoin oli imaissut sisäänsä jo äidinmaidossa.

- Tämä paikka on isälle tärkeä monestakin syystä, ja ajattelin hänen ehkä olevan täällä. Ukki eli isän isä oli armeijan leivissä ja isä vietti lapsuutensa tuolla. He asuivat tuossa aidan viereisessä puutalossa, viittoi Immu kädellään varuskunnan suuntaan. – Seurusteluaikana mummoni ja ukkini olivat eronneet tässä sillalla Pusupuistosta tultuaan ja mummoni jäi muiden neitojen kanssa huokailemaan varuskuntaan palaavien sulhojensa perään.

Sirpa nyökkäsi ja huomasi Immun kutsuvan isäänsä isäksi, ei ukoksi kuten aiemmin. Eikä äänessäkään ollut enää samanlaista kylmyyttä kuin hetki sitten. Immun silmissä oli tietynlaista haikeutta, kun hän katsoi varuskuntaan. Sirpa ei tiennyt mitä sanoisi tai mihin katsoisi, sillä hän pelkäsi rikkovansa jollakin tavalla pyhältä tuntuvaa hetkeä. Vaivihkaa hän katsoi sillan sivukaiteeseen kiinnitettyjen rakkaudenlukkojen kaiverruksia. *Anne ja Tommi 23.11.94.* Hän laski ruostuneen lukon haikeana käsistään ja katsoi siltaa alittavia autoja. Häntä kylmäsi ajatus, että jos ikuisen rakkauden symboli ruostui, niin miten mahtoi käydä itse rakkauden.

- Voi olla parempi, että jatketaan matkaa.

Immun sanat katkaisivat Sirpa mietiskelyn ja hiljaisena hän seurasi miestä. Sillalta kävelytielle siirryttäessä hän aavisti jo mihin he olivat menossa. *Pusupuistosta päädytään aina Huokaustensillalle, enemmin tai myöhemmin,* Sirpa muisti Koikkalaisen sanoneen ja sanoja seuranneen vekkulimaisen silmäniskun.

- Kyseleekö isä koskaan mua? Ajattelin vaan, kun mä en käy täällä kovinkaan usein.

- Ei hää ainakaa miulta oo kysyny, sanoi Sirpa ja kun huomasi lievän pettymyksen Immun kasvoilla, jatkoi nopeasti, - mut enhän mie oo ainut tääl töis. Onhan hää saattanu kysyy muilta.

Immu nyökkäsi. Hiljaisuuden vallitessa he jatkoivat matkaa.

- En mä tänne tänään sattumalta tullut. Ja mulla on sellainen tunne, ettei isäkään aivan sattumoisin juuri tänään ole omilla teillään. Tänään on vuosipäivä.

- Vuospäivä? Mikä vuospäivä?

- Hääpäivä. Siitä on 50 vuotta kun isä ja äiti menivät naimisiin. Tämä päivä on isälle vuoden tärkein, syntymäpäivääkin tärkeämpi ja hän sanoo, että vasta tuosta päivästä hän alkoi elämään. Äidin rakkaus puhalsi häneen elämän liekin.

- Onpa romanttist! Kunpa joku sanois miullekin tuollei!

- Olisi varmaan pitänyt itsekin sanoa aikanaan noin, mutta nyt se on liian myöhäistä, totesi Immu ajatuksissaan ja jatkoi: - Niin, olisihan se varmaan naisena hieno kuulla tuollainen tunnustus omalta mieheltään. Tuntuisi varmaan hyvältä.

- Hyvältä! Tuollasilla sanoilla sitä eläis pitkää!

Immu pysähtyi hotelli Patrian nurkalla ja katseli Pusupuistoon. Vanha kunnon Koikkalainen, ajatteli Sirpa. Taas

130

pitivät puheet kutinsa. Ei tarvitse olla mikään suuri sala-
poliisi, kunhan vain pitää korvat auki. Eihän sitä tiedä,
vaikka tätä kautta Koikkalainen löytyisi.

- Isä rakastaa tänä kaupunkia miltei yhtä paljon kuin
hän rakastaa vaimoaan, äitiäni. Hää on sydämestää kar-
jalan poikii, heh.

Immu käänsi koukistuneen kyynärpäänsä Sirpaa
kohti, joka vaistomaisesti nosti kätensä; kohdatessaan
kyynärpäät muodostivat Karjalan vaakunan. Tuona lyhy-
enä hetkenä heidän välillään vallitsi jonkinlainen yhteys,
mutta yhtä nopeasti kuin kädet olivat nousseet ylös, ne
myös laskeutuivat alas.

*Hyvä, käykää kii rohkeest, taistelkaa. Nyt pitää ol nopee
ja juost vauhil ylös. Tekis miel huutaa uraa, mut nyt ei saa
paljastaa itteää. Pitää nii hiljaa ku mahollist kavuta huip-
puu koht. Toivottavast oisivat pitkää toisissaa kii. Kestä-
kää, kestäkää, vääntäkää, vääntäkää!*

Lapsuudesta tuttu laulu lipui Koikkalaisen päähän. *Prin-
sessa Armaada, hoi hei, laivamme kotimme, hoi hei, ter-
vehöyrymme verraton, on on on.* On siitä ylväys kaukana,
hän kummasteli satama-altaaseen kahlitun vanhan ter-
vahöyryaluksen kohtaloa. Aiemmin kynti kaikki mahdolli-
set vedet, kierteli joka ikisen sataman ja nyt kelluttelee
satama-altaassa kuin mikäkin kylpylelu ja katselee kun
keskikaljakansa yrittää sammuttaa loppumatonta jano-
aan. Siinä se olla möllöttää kuin lehmä suossa, vähän niin
kuin minäkin, takana loistava tulevaisuus.

Koikkalainen laski päänsä ja nojasi otsallaan kävely-
keppiin. Hän huomasi herkistyvänsä, tunteet nousivat
pintaan tänä päivänä; koko vuoden oli odottanut päivää

ja vihdoin sen saapuessa sydän sykki ja hengitys syveni. Seuraava liike olisi kuin päivä pienoiskoossa, kaivattu ja pelätty.

Koikkalainen hengitti syvään, nosti päänsä ja katsoi yli Pusupuiston. Hopeinen pyöreä kupoli nousi maisemasta kuin kypärä, joka oli jatkeena punatiilisen kirkon tornille, jonka väri ja rakennustyyli taas olivat sävysävyyn viereisen varuskunta-alueen kasarmien kanssa.

Tuo päivä oli kirkkaana mielessä, niin kuin monet muutkin siihen johtaneet päivät. Tuolloin Koikkalainen oli seissyt alttarilla yksin kuin näyttelijä, joka odotti näyttämölle vastanäyttelijää. Jännitti, mutta hän oli päättänyt, ettei näyttäisi sitä ja puristi tiukasti käsiään vastakkain. Tuimailmeisen kanttorin urkujen taustapeilistä tapittavat silmät lisäsivät jännitystä.

Häämarssin kajahtaessa keskikäytävää kohti alttaria vaelsi Koikkalaisen morsian isänsä käsipuolessa. Morsiuskimppua tiukasti puristava käsi tärisi hääpukua vasten. Tämä rauhoitti Koikkalaista, saisivathan he aloittaa yhteisen taipaleensa jännittäen yhdessä.

Koikkalainen oli pelannut varman päälle ja pyytänyt tulevalta apeltaan tämän tyttären kättä hyvissä ajoin ja perisuomalaisittain saunanlauteilla. Morsiamen luovutus ei enää hikoiluja aiheuttanut ja Koikkalainen muistelikin sitä ja koko hääseremoniaa lämmöllä. Alttarilla seisoi pitkä ja suoraryhtinen pappi, rippipappi. Tämä katsoi tuimalla ilmeellä alttarin edessä seisovia untuvikkoja, jotka olivat valmiina yhteiselle matkalle luottavaisina ja tietämättöminä.

Koikkalainen sulki silmänsä. Muistot tulivat niin lähelle, että niitä pystyi miltei koskettamaan. Tämä paikka sen teki, taas kerran. Hän katsoi ympärilleen tuttua maisemaa ja levitti kätensä.

- Tää on miun maa, täält mie oon lähtent ja tänne palaan. Tän mie jaan siun kanssais Irmeli, enkä taho juhlii tänää ilma siuta.

Kahlattuaan Pusupuiston syksyisen värikkäitä lehtimattoja ristiin rastiin Immu ja Sirpa huomasivat, ettei Koikkalainen ollut puistossa. He vilkaisivat toisiaan, nyökäyttivät ja suunnistivat Linnoituksen portille. He kiersivät kaikki mahdolliset paikat aina Majurskan kahvilasta ortodoksisen kirkon kautta museoihin, mutta eivät nähneet Koikkalaisesta vilaustakaan.

- Oisko siul viel jotain paikkoja, mis hää saattas olla?
- Tässä olivat. Tietysti voidaan vielä mennä vallien kautta satamaan. Sieltä ei olla vielä katsottu.

Viel on kaver tiukas ottees, hyvä. Nyt on reitti selvä. Mikää ei voi enää estää huipu vallotust. Sivuil ei oo uhkaa ja takan olevat on nii kaukan, ettei hyö pysty estämää. Ja ku nuo tos valli pääl könyyvät keskenää, mie oon muutama harppaukse pääs valliherruuvest. Sitä ei voi estää mikää.

Haa, tääl ollaa. Mie oo valliherra. Hei, minne työ meette? Sehä ol vaa kello, välitunt loppu. Eihä myö olla ennekää siit mitää välitetty, ainaha myö ollaa jatkettu. Elkää nyt menkö. Mie oo Valliherra-Koikkalainen, koittakaa suistaa miut vallast. Ei tää tunnu miltää ku ei oo ketää ketä hallitsee. Tulkaa hetkeks takasii, haastakaa miut ees kerra. Haluun tietää onks minust tähä, oonks mie sen arvone et saan hallita. Elkää olko näin julmii. Elkää jättäkö miut yksi.

- Hei, eiks tuo oo isäs?
- On.

Immu ja Sirpa juoksivat vallia pitkin penkille, jonka viereen Koikkalainen oli vajonnut polvilleen.

- Elä jätä miuta Irmeli, mie kaipaan siuta nii mahottomast. Mie haluun tulla siun luokseis.
- Isä. Mä olen tässä, Immu.
- Koikkalainen. Sirpa-hoitaja täs. Sattuuks siuhun?

Immu ja Sirpa kyykistyivät Koikkalaisen viereen ja nostivat hänet penkille istumaan. Koikkalainen katsoi kumpaakin etäisesti kuin jostain kaukaa. Hän hymyili.

- Miuta väsyttää. Mie otan pienet nokoset enneko Irmeli tulee miuta noutamaa.
- Mie istun penkin päähä, laita pää tähä. Siin siul on hyvä olla.

Koikkalainen laski päänsä Sirpan syliin, käpertyi penkille ja sulki silmänsä. Sirpa hyräili ja silitti vanhan miehen hiuksia. Immu nosti katseensa heistä, antoi sen kiertää yli kaupunginlahden ja kaivoi taskustaan kännykän.

TEKSTIEN TAAKSE

LAPSUUDEN SANKARI

Steve Archibald on skotlantilainen jalkapalloilija, joka pelasi mm. vuodet 1980–1984 Tottenhamin joukkueessa.

Kevin Keegan pelasi 1971–1977 Liverpoolissa ja oli voittamassa joukkueessa kolmea Englannin mestaruutta. Hänet valittiin Euroopan parhaaksi jalkapalloilijaksi 1978 ja 1979. Hän oli myös Englannin maajoukkueessa 1972– 1982.

Olin napannut tuon skotlantilaisen jalkapalloilija *Steve Archibaldin* nimen jostain - en varmaankaan hänen pelillisten taitojensa vuoksi – ja toistelin sitä kentällä poikien kanssa pelatessani. Sain siitä myös lempinimen *ADE*, joka tosin oli enemmänkin haukkumanimi.

JACKSON WILLEN LOPPU

Reijo Ståhlberg on kuulantyöntäjä, joka voitti urallaan 9 Suomen mestaruutta, 3 EM hallimestaruutta ja on Suomen ennätyksen haltija (21,69).

Muistan, kuinka sanoin isoveljelleni kirjoittavani kirjan sängynaluslaatikossa lepäävästä lännenkaupungistani. Aikaa vierähti, eikä tullut koko kirjaa, mutta tarinaksi se kuitenkin päätyi kirjaan.

TAKASEINÄ

Viidesluokkalainen tyttöni kysyi minulta, tiesinkö mikä on hienointa kuudesluokalle siirtymisessä. Vastaus – *että pääsee salissa nojaamaan seinään* - yllätti minut täysin ja palautti minut omiin kouluaikoihin. Monet asiat eivät ole muuttuneet vuosien varrella. Ainainen kaipaus tästä hetkestä – *SITKU* – johonkin toiseen kulkee sitkeänä mukana.

KÄYTÄVÄ

Ala-asteen lopulla jouduimme tai pääsimme puhelinpäivystäjäksi koko koulupäiväksi pitkälle käytävälle. Se oli jännä ja samalla pelottavakin paikka.

LEHMÄNPOTKUN KOULU

Kuvanveistäjä Antti Louhiston (1918-1989) Aapisvasikkapatsas ilahdutti Lappeenrannassa Tyysterniemen koulun oppilaita ja ohikulkijoita aina vuodesta 1967 lähtien koulun lopettamiseen asti. Teos kuvaa laitumella loikkivaa nuorta hiehoa - täynnä vapautta ja elämänriemua kesän alkamisesta - huolet eivät paina. Viralliselta nimeltään teos on Keväthyppyjä. Vuodesta 2009 alkaen patsas on ollut Voisalmen koulun pihalla.

Mihin kuulun ja missä olen osana, se on tärkeä asia. Se muokkaa identiteettiä ja on näin ollen tärkeää kehittyvälle lapselle. Itse kävin ala-asteen (1978–1984) Tyysterniemen koulussa eli *Lehmänpotkun koulussa* ja olen ylpeä siitä.

PERINTÖ

Joka ikinen kerta, kun kentän laidalla laitan jalkaan vanhat putkiterä Jofat, muistan isäni ja yhteisiä hetkiä joita saimme viettää. Olen niistä suunnattoman kiitollinen.

TELTTANARUT

Verkkokalvolle piirtyneet vanhat valokuvat yhdessä sanataidekoulun tehtävien kanssa herättelevät uinuvia tarinoita. Ne vain odottavat ylös kirjoittamistaan.

VHS-videokasetin nitisevä nauha, sukujuhlien tunnelma, kuolemattomat heitot. Siinä on muistoja kerrakseen ja aineksia moniin tarinoihin.

PANTTERI

Petri "Pantteri" Sriko pelasi SaiPassa vuodesta 1979 vuoteen 1984, jonka jälkeen hän siirtyi NHL: ään. Siellä hän pelasi 10 kauden ajan. Hän oli maajoukkueessa vuosien ajan ja edusti Suomea monissa arvokilpailuissa.

Kari Kaupinsalo oli Rauman Lukon ykkösmaalivahti kaudella 1982–1983.

Heikki "Mälli" Mälkiä pelasi SaiPassa 15 kauden ajan vuoden 1975 ja 1992 välisenä aikana.

Ralph "Koksi" Cox pelasi SaiPassa kolmen kauden ajan 1981–1983 ja 1984–1985.

Jos oli Steve Archibald ns. kaukoidoli, jonka edesottamuksia pystyi katselemaan mustavalotelevision välityksellä, niin Petri Sriko oli kaikkea muuta: hänet pystyi näkemään kaukalossa lähietäisyydeltä ja häneen saattoi jopa törmätä kadulla.

VALLIHERRA KOIKKALAINEN

Lappeenranta on vuonna 1649 Saimaan rannalle perustettu karjalainen kaupunki. Kaupunkia ryhdyttiin rakentamaan Linnoituksesta, jota ympäröi puolustusvallit. 1800-luvun lopulla rakennettu varuskunta yhdessä Linnoituksen kanssa loivat merkittävän kulttuuriympäristön. Linnoituksen ja varuskunnan väliin jää kaksi merkittävää paikkaa, Pusupuisto ja Huokausten silta. Puistossa varuskunnassa palvelleet sotilaat viettivät tyttöjen kanssa aikaa ja ilta päättyi sillalle, minne tytöt jäivät huokailemaan sulhojensa perään näiden iltalomien päättyessä.

Myllysaari on kaupungin keskustan ja sataman läheisyydessä oleva kaupungin pääuimaranta, jossa on uitu jo yli sadan vuoden ajan.

Kimpisen urheilukentällä, joka on lähellä Saimaata ja Myllysaaren uimarantaa, on järjestetty yleisurheilukilpailuita ja jalkapallo-otteluita vuodesta 1939.

Hartwallilla oli virvoitusjuoma tehdas Lappeenrannassa 1968–1993. Tosin Lappeenrannassa oli ollut panimotoimintaa jo 1800-luvulta lähtien.

Chymoksen karkkitehdas on valmistanut makeisia Lappeenrannassa vuodesta 1922.

Satama-altaassa ravintolalaivana toimiva tervahöyryalus Prinsessa Armaada (alkuperäiseltä nimeltään S/S Suomi) rakennettiin 1902 ja on ollut nykyisessä tehtävässään vuodesta 1967.

Lappeen kirkko eli Marin kirkko valmistui 1794 keskelle metsää, mutta sijaitsee nyt keskellä kaupunkia.

Lappeenrannan kirkko suunniteltiin alun perin ortodoksiseksi kirkoksi, mistä kirkon pää- ja sivukupolit muistuttavat. Keskeneräinen kirkko kuitenkin muutettiin luterilaiseksi ja se valmistui 1924.

Juha Tiainen (1955–2003) oli lappeenrantalainen moukarinheittäjä, joka voitti urallaan kuusi Suomen mestaruutta ja kultaa 1984 Los Angelesin olympiakisoissa.

Arto Bryggare on entinen lappeenrantalainen yleisurheilija, joka lajissaan 110 metrin aitajuoksussa voitti 12 Suomen mestaruutta, MM hopeaa ja pronssia 1984 Los Angelesin olympiakisoissa.

Tarinassa mainittu Kyllikki Saari surmattiin 17-vuotiaana Isojoella 1953. Surmaa ei koskaan saatu selvitettyä.

Kukapa meistä ei olisi joskus leikkinyt Valliherraa (tai Kukkulankuningasta). Vallin päällä tuulee ja siltä näkee pitkälle, joskus jopa historiallisesti merkittäville paikoille. Ja jos paikat eivät merkitsisi muille mitään, niin ainakin itselleni; ne kulkevat aina mukanani. Ylistys Suomen hienoimmalle kaupungille, Lappeenrannalle.

KIITOKSET

Ennen kaikkea Sanalle, jolta olen sanani saanut.

Perheelleni ja ennen kaikkea Annelle, joka on tukenut harrastustani ja joka kielipoliisina luki tekstini.

Esilukijaryhmälle: Päivi Ramstadius, Anneli Riihola, Pertti Syrjälä, Vesa Kallinen sekä Anne Löf ja Minna Mäkelä karjalanmurteen "käännöksestä".

Jari Shemeikalle, jota ilman kirja ei olisi tällaisessa ulkoasussa.

Vantaan Sanataidekoulun opettajalle Tiina Åhlgrenille, jolta sain todella tärkeitä neuvoja kirjoittamiseen.

Jos haluat antaa palautetta, kommentoida, ihmetellä, hämmästellä tai mitä vaan, laita postia osoitteeseen **tommi.aulasmaa@elisanet.fi**.